世說異事
講給現代人聽的拍案驚奇故事
方時學——著

編輯推薦序

我有酒，你有好故事嗎？

在武俠小說《神雕俠侶》中，少女郭襄在風陵渡口聽人講神雕大俠的故事聽得入神，當即拿出貴重的珠釵買酒來宴請眾人，真可謂豪情萬丈，巾幗不讓鬚眉。

「久聞英雄大名，這頓酒我請了」的江湖故事在武俠世界裡屢見不鮮，「古今多少事，都付笑談中」的野史異事更是茶餘飯後的最佳閒談話題。

可見，好故事的魅力不可阻擋，有了它，「騙」酒喝、聊得來簡直太容易了。

但是，並不是每個故事都會讓郭小姐賣掉珠釵，也不是每個俠客都會遇到免費的好酒。有道是，好酒常有，好故事不常有。

但到了作者這裡，不僅有好酒，還有好故事。

作者學識淵博、走南闖北，可謂知行合一，讀萬卷書，行萬里路。其人不僅愛酒，還攢了一肚子好故事，將古今興亡的歷史、文人雅士的逸事、稗官野史的趣聞，都一一注入筆端。

讀過之後，不僅可以盡情享受閱讀的快意，還可明辨是非善惡，透視世道人心。

作者所講的故事，內容包羅萬象，用詞雅俗皆俱。他的身邊常常聚集著許多愛聽故事的人，聽故事時，這些人或驚奇、或唏噓，或大笑，那些原本無聊的空餘時間便在這樂陶陶的氣氛中，心滿意足地「溜」走了。

我喜歡聽作者講那些奇聞異事。他見聞廣博，與眾不同，最重要的是，寫東西簡潔凝練，寥寥數語就能帶出一套犀利的見解。當今史學散文的寫手動輒千言萬語，還沒法點透題旨，稿費倒是因著字數賺了不少，不過言簡意賅方面，可就真該學學本書的作者了。

如何讓更多的人聽到這些好故事呢？對於從事圖書出版行業的我來說，最佳的方式就是將作者「說」出來的故事變成「看」得見的故事。

聽到我的建議，作者躍躍欲試。

為此，他經常留心這些故事的結構和邏輯，由於口說的只能算是「影子」，要想將它們變成文字，必須要經過提煉和昇華。早在十多年前，他就試著動筆來寫，寫了一段時間，又停了下來。最近幾年，算是有了時間，一定要把它們寫出來。三年來，作者簡直是「兩耳不聞窗外事，一心只寫故事書」，從初稿到定稿，總算完成了。

文化就像是浩瀚的海洋，而不同國家和地方的故事、傳說都沿著自己的根脈向前發展，形成「十里不同風、百里不同說」的特徵。有人的地方就有故事，幾乎每一處名山大川、甚至一草一木都有關於它的傳說、故事，但不同地域、不同民族對同一母體的傳說、故事，卻有著不同的演繹。

親愛的讀者朋友，既然已經讀過了見諸於書面上的那些故事和傳說，不妨來讀一讀本書中的那些流傳於坊間，第一次變成文字的精彩故事吧！

作者自序

好故事，看這裡！

我這個人嗜酒、愛文，說來也算有趣。因為愛好讀書和旅遊，在書中和各個地區不同人的口中，看到和聽到了許許多許多奇聞異事。久而久之，在心裡沉澱，成為了這裡所寫的故事素材。後來，我的工作不那麼忙了，有了時間上的自主權，將這些奇聞異事慢慢地寫成了故事。

這便是這本故事書的由來。

我在寫這些故事的初期，其實只是出於自己的好奇。因為這其中的內容，幾乎都是我所迷戀的。還因為這些故事，我聽來的時候，多是粗枝大葉的素材，我嘗試著添枝加葉，每寫成一段文字後，便覺得更加精彩，許多內容居然有了豐富的哲理。於是，我覺得寫作這門工作，有著無窮的樂趣和重大的意義，於是，便熱愛起寫作來。

在此前，我沒有寫過被稱作「文章」的東西，怕這些故事難登大雅之堂。為了驗證這些故事的際遇，我嘗試著向有關報刊寄去了幾篇，不想，居然都被採用了。又過了幾年，我想找到能夠偏愛這些故事的伯樂，尋求出版之路，於是在網路上發佈了幾篇，居然得到了讀者的高評。其中一位網友說：「這些故事精彩極了，充滿了人間煙火氣，讀來親切而又生動。」

故事，其實就是生活的縮影。我因為生活的體驗，覺得這些內容正是反映人們生活環境的鏡像。正因為如此，我才將這些故事寫了出來。

毫不誇張地說，我寫的這些故事取材奇特、別開生面，用全新的視角和生動的筆觸，描寫了你最想看到也是第一次看到的好故事。故事裡有人間世相百態，有野史傳說，有離奇詭異的秘聞，有極具特色的鄉俗民情，透過文字的背後，你能感悟到生活的真諦。

但這只是初版，還不知道讀者是不是認可，並且其中難免有不足之處，盼望朋友們在閱讀的時候，說出自己的看法來。這樣，不僅可以更深刻地領略故事的內容，還能夠清晰地理解不同時期不同的人文意識。

去年年底，出版公司的編輯，在網路上看到了我發表的幾篇故事，找到了我。這樣，我這本故事書，才有了與朋友們見面的機會。

古人說：「千里馬常有，伯樂不常有。」我這本故事書，如果能夠算是「千里馬」的話，那麼，出版公司，就應該是伯樂了。

目錄

1 羅盤先生

這位先生，真姓真名，哪村人氏，不得而知（註）。只因為他的乳名叫羅盤，讀的書又多，一直沒有做官，所以人們都叫他羅盤先生。

羅盤先生本應該是天子，卻因為母親得罪了灶神，被玉皇大帝撤去了龍骨，換成了狗骨，只留下了一張金口。就這樣，羅盤先生一生惶惶而奔，無一點正經業績，卻因為金口的原因，隨口所言，即為真事。因此，有著許多傳說。

一、從小神靈護佑

羅盤先生從小喪父，由寡母帶著生活。一個寡婦，生活本身就不容易，還帶著小孩，加上沒有多少經濟來源，日子過得十分困難。這大約也是「天將降大任於斯人，必先苦其心志，勞其筋骨，餓其肌膚」的緣故。

羅盤八歲那年，母親送他去私塾先生那裡念書。每天上學、回家，都是三個人同行。上學的路上，有條澗溝，每逢下雨，溝裡漲水，總有一個老者背他過溝。每天如此，已成自然，羅盤也不以為然。

日復一日，年復一年，一直到羅盤十歲。

那年寒冬臘月的一天，下著鵝毛大雪。羅盤放學回家，腳上沒沾一點雪，身上也沒有雪花。母親覺得奇怪，問他：「你從學堂裡回來，身上怎麼沒有沾雪？」

羅盤說：「我從學堂裡一出來，就有一位老爺爺背著我，還有一位奶奶幫我撐著傘。所以，我身上沒有落到雪。」

母親問：「那這兩個人呢？」

羅盤說：「到了家院子門口，放下我後，他們就走了。」

「你知道他們是誰嗎？」

「我沒問。」

母親責備他說：「你這孩子，真不懂事，也不問一下人家是誰。」

羅盤說：「那有什麼好問的，只是我一放學他們就來送我。可是，他們都不念書。」

母親雖然覺得奇怪，卻問不出所以然，只好作罷。

羅盤在學堂裡的學業成績十分好，先生說他有神童一樣的天分。加上路上有人接送，使母親聯想到「大人物天生聰明，並有神靈保護」的說法，猜想自己的孩子將來可能就是個「大人物」。其實，也確實如此。羅盤自從降生以後，玉皇大帝就派下了家神、門神、灶神等諸路真神來到他家，各司其職，保護羅盤；又命令土地神負責羅盤的出入安全。

那上學的路上，又接又送的人，就是土地神。如是，羅盤的一舉一動都受神靈保護。

這年年關，母親到羅盤舅父家想借一斗米來過年，卻被回絕了。臘月二十三，是送灶神上天向玉皇述職的日子。吃過早飯，母親洗鍋洗碗時，想想在困難的時候，連親兄弟也不肯照應，越想心裡越難過。這時，正好一把筷子洗好，她順手將筷子在鍋沿上搭了搭，瀉去水滴，說：「我的兒子將來要是做了大官，先殺他的娘舅！」不料這一把筷子，正搭在灶神的屁股上，把灶神屁股打得生痛，灶神滿腹憤怒地上天奏本。可見，家中若有真神，一家人的言行都要小心謹慎才行。

二、玉帝撤骨

灶神回到天庭，按照慣例，來向玉帝述職。他氣憤地說：「羅盤一家沒有德行，將來坐了天下，恐怕老百姓沒有好日子過。他的母親說：『如果我兒子做了大官，先殺他娘舅。』連娘舅都殺，哪裡還有百姓的活路？我們一年到頭在他家裡，聽不到一句好話；臨來時，還打了我四十棍子。現在，我的屁股正痛得難受呢！」說著，將屁股翹著給玉帝看。玉帝其實並沒有看出什麼，但卻勃然大怒，立即下旨：「撤掉羅盤的龍骨，換根狗骨！」

臘月二十四，羅盤忽然在家中生起大病來：高燒不退，昏迷不醒。母親急得到處求醫。臨近過年，難以尋到，勉強請來郎中，又都束手無策。附近有一座大光寺，寺裡有個得道和尚，名叫依靜，常常夜觀天象。這天，看到紫微星界一顆亮星黯然失色，比普通星還暗。又聽到山下羅盤病重，心想，這種天象，莫非應在這小孩身上？

臘月二十五一早，依靜來到羅盤家裡。羅盤母親知道依靜有些道行，就懇求他給羅盤看病。依靜來到羅盤房裡，見羅盤昏迷不醒，用手摸摸，高燒得燙人。依靜出了房門，對羅盤的母親說：「孩子病得很重，必須立即將茶葉和米放進他的嘴裡，還要把他放進地洞裡去，才可以免於一死。」羅盤的母親聽後，忙不迭地立刻照辦。

正在撤羅盤身上龍骨來換狗骨的天神，見羅盤口中有了「白蛆穢物」，又見被送入了地下，就上天向玉帝回覆說：「羅盤身上龍骨已經換成了狗骨，只是口中已經生蛆，所以還沒有換，目前羅盤已被家裡人埋到地下了。」

玉帝說：「既然如此，那就罷了！」

這樣，天神算是交了差。

羅盤自從進入山芋窖後，病情漸漸好轉。到了正月初十，已經能夠吃點米飯。十五，他從地窖中走了出來，病體漸漸康復。

新學期開學時，他照舊是上學讀書，只是獨來獨往，更無人接送了。

原來，羅盤這場大病後，被取消了天子資格，只因為依靜的辦法，才使他幸運地保住了「金口」。

三、金口的故事

羅盤身上的龍骨被換成狗骨，他自己並沒有發覺，只是性情比以前好動難靜，學習興趣也沒有以前濃厚了。

雖然家境貧寒，母親還是千方百計地讓他讀書到十六歲。在當時，書讀到了十六歲，可謂「浸透了墨水」。因此，一出學堂的門，人們就稱他為先生。

也不知道什麼原因，羅盤一直與仕途無緣，終生沒有做官，只落得個人人皆知的「羅盤先生」的稱呼。既然沒有做官，就沒有為官的際遇，羅盤只好與老百姓接觸。因此，他的故事大都發生在街頭巷尾。

羅盤先生平生多是遊山玩水，每次出行總以毛驢代步，走到哪裡，吃到哪裡，用到哪裡。雖然沒什麼財產，卻也不曾受飢寒。

一日，羅盤先生騎著毛驢經過一位編織草鞋的老人面前。見老人的草鞋編得精緻，比起姑娘做的繡花鞋毫不遜色，羅盤先生不由得心生羨慕之情。他心想，這樣的人應該要有好的生活，於是信口說道：「你左搓右繞，金鍋銀灶。」

老人聽了，並沒有想到羅盤先生是金口玉言，卻說出了自己心裡的想法：「先生，我要是真的有了金鍋銀灶，還捨不得拿它燒鍋做飯呢！」

羅盤先生心想，這可壞了，老人如果不用鍋灶燒飯的話，那不是要挨餓了。於是改口說道：「你左繞右搓，等米下鍋。」從此，凡是編織草鞋的，生活總富裕不起來，都是吃著早餐愁著晚餐。

一個寒風凜冽的冬天，羅盤先生來到繁昌縣城以東十五里的城山衝裡。見山巒重疊，山上毛竹青翠挺拔，雖是冬季也鬱鬱蔥蔥，此地的大人、小孩一個個都健康歡樂。看來，這裡的人民安居樂業，生活富足，人丁興旺。

羅盤先生來到一位正在砍柴的婦女面前，與她搭訕說：「好來好去好個城山衝，無柴無米能過三冬。」

這位婦女因為燒慣了陳柴、吃慣了陳米，深有感觸地說：「先生，陳柴、陳米都不好。陳柴裡面蛇蟲螞蟻多，陳米裡面蛀蟲多，不好燒，不好吃。」

先生聽了，心想，我可是希望妳這裡能豐足富饒，可是妳卻不領情。便改口說道：「城山竹子一條龍，越馱越窮。」從此，城山竹子雖然年年豐盛，可是居住在城山衝裡以毛竹維持生活的人，卻再也富不起來了。

初春的一個上午，羅盤先生騎著毛驢從谷口的十里長山頭上經過。山上松樹林立，樹蔭遮天蔽日。在一塊平坦的山地上，剛剛砍伐了一批松樹，這裡的天空豁然開朗起來，溫暖的陽光照著，讓人渾身舒暢。羅盤先生下了驢背，讓毛驢去吃青草，自己坐下來休息。休息夠了，起身趕路，不料，褲子卻被松樹汁黏在樹枝上了。羅盤先生用力一扯，險些把褲子扯破，於是罵道：「你這個遭瘟的東西！」罵過以後，又突然想起，自己是金口，這麼好的樹，砍過了就瘟死，今後哪裡來的松樹呢？想到此，他立刻補充道：「飛子成林吧！」從此，松樹砍過以後，其根部不能像其他樹椿那樣重新長苗，而是直接腐爛；而其種子生命力卻特強，飛到哪裡都能正常生長。因此，松樹的子孫還是繁盛不衰。

羅盤先生到涇縣做客，好客的涇縣農民熱情地款待他。吃飯的時候常常將肥肉、好菜放在碗底下，上面裝飯。先生吃的時候，越吃越好吃，越吃越肥膩。他對主人說：「涇縣人，後來富；涇縣土，肥下處。」從此，涇縣的老人，一般都擁有比年輕時更豐厚的財產；涇縣土地上種下的植物，不怎麼需要施肥，地力越往下越肥。

本來人們貧富懸殊不大，對錢的慾望也不強烈。一天傍晚，一群小孩在曬稻的場地上遊玩。羅盤先生騎著毛驢從這裡經過時覺得這些頑童十分可愛，就在毛驢背上看孩子們嬉戲。看著看著，不覺手中的鞭子滑落到了地上。

羅盤先生指著一個小孩笑瞇瞇地說：「喂，小把戲（對小孩的暱稱），你把這鞭子撿來給我。」不料這小孩不買他的帳。

羅盤先生又逗趣地說：「誰給我把鞭子撿來，我給他十文銅錢。」當時十文銅錢能買一斤蠻糖

（自產的麥芽糖），撿一根鞭子給十文銅錢，應該不算少了。不料這群孩子不僅沒幫他撿，其中一個大一點的孩子還說：「我們都有錢，誰稀罕你的錢啊！」無奈，羅盤先生只好自己下驢背，拾起了鞭子。

臨行時，羅盤先生想，世上還是應當人人都珍愛錢財才行。如是，他說道：「窮的窮，富的富；幫的幫，顧的顧。」本來世界上財富分布比較均勻，人們對於錢財的慾望並非十分強烈。可是從這以後，窮人更窮，甚至窮得連穿衣、吃飯都難，只好靠幫工賣苦力生活；富人更富，富得財氣壓人，最後形成了人人愛錢，「有錢能使鬼推磨」的局面。

從前，農民種田，不必天天下田勞作。但是，成群的飛鳥總是危害莊稼。人們趕了又來，防不勝防。一日，有一位在路旁邊放牧耕牛的老農，看見羅盤先生騎著毛驢向他走來。走得近了，老農說：「先生、先生，你可知道？田裡雀子，總趕不掉。」

先生聽了，伸手在老農的牛背上抓了一把牛毛，往田裡一扔，說：「叫你田裡長牛毛，你到田裡慢慢掏。」本來，這位老農知道他是金口，實則指望他能講一句治住雀害的話，不料他卻講出了讓田裡長牛毛的話來。從此，農民種的水稻，田裡都長著密密麻麻的牛毛草。農民們只好拿著竹竿做成柄的農具到田裡除草。雀子雖然不敢再來了，可是，農民們為莊稼除草卻一點也不能鬆懈，大大增加了農民的勞動。

羅盤先生仗著自己滿肚子的學問，一口的金言，周遊民眾之中，留下了許多故事。他做了有益的事，還是做了有害的事，似乎不好定論。他的故事還有很多，這裡僅僅只是一鱗半爪。無論如何，他確實是個有名的先生。不過這麼有名的先生，卻被一個村婦「治」了一回。

四、與村婦較量

初夏的一個上午，羅盤先生騎著毛驢從幾位插秧的農民面前經過。農民們手執秧苗，彎腰插秧。見其手腳靈活，身形敏捷，羅盤先生產生了像看花觀鳥一樣的興趣。他對著插秧的人說：「插秧哥，插秧哥，一天插了幾千幾百株？」

插秧的農民聽了覺得好笑，插秧只有問插了多少田，哪有問插了幾千幾百株的人？誰又數過插了幾千幾百株呢？於是，沒有理睬他。

第二天，羅盤先生又從這裡經過，見這些人還在插秧，又問道：「插秧哥，插秧哥，一天插了幾千幾百株？」這一回，插秧的人認真地考慮起來了：看來，不回答他，他會不甘休呢！於是，有人說一天能插兩萬株，有人說插不到，有人說還不止。在他們爭論不休時，羅盤先生已經走了過去。

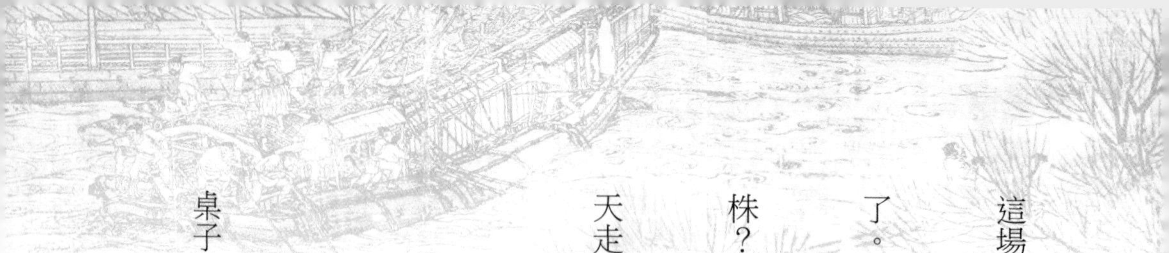

這場爭論直到吃午飯時還在繼續。

在家燒飯的主婦秀芹聽了爭論說：「你們爭什麼呢？」大家七嘴八舌地將田裡那先生問的話說了。秀芹聽了說：「明天那先生要是再來問的話，你們就這麼回答他……」

第三天上午，羅盤先生騎著毛驢仍舊從這裡經過，問：「插秧哥，插秧哥，一天插了幾千幾百株？」

插秧人中，有一位漢子名叫鄭生，回答說：「得得得，得得得（形容毛驢走路的聲音），你一天走了幾千幾百腳？」

羅盤先生聽了，勒住毛驢說：「前兩天你為什麼不說呢？」

鄭生說：「那時候沒想起來。」

「今天你怎麼想起來了呢？」

鄭生自豪地說：「是我老婆說的。」

「那好，」羅盤先生說：「你回去對你內眷說，我明天到你家吃午飯，要一碗裝十樣菜，要圓桌子連著長板凳。」說完，催驢走了。

鄭生心想，這可惹麻煩了！吃飯還是小事，那一碗裝十樣菜，圓桌子連著長板凳到哪裡找去？

他回來向妻子秀芹說了，並埋怨她「聰明反被聰明誤」。

秀芹本來好客，聽了笑著說：「這有什麼大驚小怪的，你別煩心，明天中午請先生來吃飯就是了。」

第二天中午，羅盤先生果然騎著毛驢和鄭生這班插秧的人一起吃午飯。吃飯的時候，秀芹說：「鄭生你來。」她指著石磨說：「你將這磨給我搬開，擺在堂前中間。我要用這『圓桌子連著長板凳』招待先生。」

鄭生聽了恍然大悟，原來這就是「圓桌子連著長板凳啊！」因為，石磨是圓的，算是圓桌子，磨墩腳是長的，就是長板凳了。正式吃飯了，插秧的人滿桌子的葷菜、素菜，還有酒喝；可是，羅盤先生那一「桌」上，只一小碗韭菜炒雞蛋。

鄭生當著羅盤先生的面問秀芹說：「先生是貴客，只有這一點點菜像什麼話呀？」

秀芹笑著說：「先生高人，要吃一碗裝十樣菜，我這韭菜加雞蛋，就是十樣菜了！」

先生看了，也不客氣，就坐上了磨墩腳吃了起來。先生在豐盛的餐桌旁邊，吃著這一頓簡單的飯，在座的人看了既過意不去，又暗自好笑。羅盤先生本意是不麻煩主人，今天看情況是上當了，又不好聲明，心裡只怪這村婦太精明。

吃過午飯，農民們要去插秧，先生也只好告辭。臨走，他還想挽回面子，就叫來秀芹，一腳立在地上，一腳踩著驢鞍說：「嫂子，妳說我是上驢背還是下驢背呀？」

秀芹見了，心想，這可難說，若說他上驢，他下來；若說他下驢，他上去。無論如何也說不準。於是，秀芹來到門口，一腳門裡，一腳門外，面帶微笑地說：「先生，您說我是進門，還是出門呢？」

羅盤先生見了，強作笑顏，無可奈何地說：「嫂子，妳真聰明。」說著，從隨身的行李袋中，拿出一條布圍腰（圍在腰間的布），送給了秀芹，說：「妳圍上它，不僅能擋攔塵垢，還聰明過頂。」所謂「聰明過頂」，就是聰明過頭了，也就是說不聰明了。據說，從此以後，婦女考慮事情，總不如男人到位——女人的聰明不及男人，是羅盤先生「害」的！

五、自食其果

初秋的一天，羅盤先生和兩位經常交遊的處士（念書沒有做官的人）從浮山頂上遊玩回來。走到笠帽頂下，已經是下午的申時。天氣既熱又悶，一片烏雲遮住了太陽。很快，烏雲越積越厚，天空變得黑壓壓的，遠處已經響起了悶雷，一場暴雨眼看就要來臨。三位騎毛驢的先生，急忙鞭策坐騎。可是，毛驢只能散步顛簸，不得揚蹄奮飛。附近又沒有人家，沒有躲雨的地方，眼見就要被暴

雨大淋一場了。

羅盤先生舉目朝笠帽頂山上望去，見半山間有一塊巨大的岩石，像人戴著的笠帽，懸空地伸向南邊，它的下面形成了一個雖不擋風卻能避雨的空間。那裡面已經聚集了七、八個放牛娃，正擠在一起躲雨。小小的岩簷下，已經擠得沒有空地，外層的人仍免不了淋雨。羅盤先生心想，只有叫這些孩子出來，我們才有躲雨的地方。於是，他一邊驅趕毛驢向岩簷下跑去，一邊大喊：「放牛的，快跑，石頭要倒了！」

放牛娃認得羅盤先生，知道他是金口，他說要倒，就會倒的。於是，一窩蜂地逃了出來。這三位先生見放牛娃讓出了地方，一同鑽了進去。放牛娃們剛跑出來，還沒來得及站穩，就聽得「轟」的一聲巨響，岩石在大雨中果然倒了下來。羅盤先生一行三人，連他們的毛驢都被嚴嚴實實地埋在了裡面。如今，笠帽頂南麓那一堆被稱為「羅盤石」的亂岩石，據說就是這個事件的見證。

註：就民間傳說，羅盤先生本來是應該做皇帝的，因為被玉皇撤了龍骨，沒做成皇帝。但是，輔佐他的文官武將卻都下了凡。因為他沒有做皇帝，這些文官武將沒有領頭的人，只好做了梁山上的草寇，數量多達一百零八位。可見，羅盤先生活動時期，應該是在北宋徽、欽宗（約西元一一○○年～一一二七年）的時代。

2 徐貢元

徐貢元，字孔賜，別號紫嵐，繁昌縣彎子店接官亭小興湖人。明嘉靖（明世宗朱厚熜，西元一五二一～一五六七年在位）辛丑（西元一五四一年）進士。他學識淵博，為官清廉，為人正直，不屑阿諛。為官三十載，遷任十四次。當時，與夏言、海瑞、鄧元標被稱為天下四君子。嘉靖帝賜「徐公書院」正八間正方形亭式建築一座，海瑞贈：「天下一君子紫嵐君子居」匾額一塊。萬曆甲戌（西元一五七四年）在家中逝世，在生前住處大路旁有涼亭一座，稱「接官亭」，該地名即由此而來，還有牌坊五座。這些建築，都在後來的戰亂中毀壞。

徐貢元以刑官比部郎出任江西德安府時，遇太監運送壽藩梓輿（皇帝的棺木）進京，一路上敲詐勒索，強迫沿途官府送禮。徐貢元不僅不送禮，還揚言要把太監勒索錢財的惡行報告給皇帝，太監聽後收斂了許多。在該任上時，遭遇水災，他組織百姓抗災，按工發糧，拯救了數萬人。

德安府任期滿後，調任順天府尹，欽賜誥命，掌管後宮。由於受當朝太師嚴嵩的讒言與干擾，轉大理卿待命（即閒置）兩年。

徐貢元在朝中常常看見一些大臣為了自己的榮華富貴，製造種種假象，糊弄皇帝。浙江一位官員在天井裡放個大缽子，裡面裝上泥土，種上稻子，又用毛竹筒子將稻子逼著向上長，居然長出了天井。一天，這位官員將特別培育的稻子運到朝中，指著稻子向皇帝奏本說：「我們浙江，地肥人勤，種出了特別好的稻子來，這是我皇洪福齊天的預兆。」皇帝見了這樣的稻子，非常高興，立刻加封了他的官職，同時也給浙江百姓增加了稅賦。

徐貢元對這種為了自己榮華富貴，弄虛作假，不惜犧牲勞動人民利益的行為，不屑一顧。可是，他從中也知道了皇帝容易被糊弄的性格。於是，他也想方設法來糊弄皇帝。不過，他想的是為官處世，應該為民謀福。

如何能為民謀福呢？徐貢元想了許久，終於讓他想了個辦法出來。第二天，他上朝奏本說：「我主萬歲，大事不好，我繁昌倒掉了一座飯籮山，把繁昌縣的農田全部壓掉了，繁昌的老百姓，別說繳錢糧，就連自己飯也沒得吃了！」

皇帝聽了果然大吃一驚，說道：「愛卿，這樣一來，如何是好？」

貢元說：「皇上愛民如子，百姓遭遇天災，皇上只有免除他們全部錢糧，發放救濟才是。」於是，當年繁昌農民不僅沒繳錢糧，還享受了皇恩救濟。

第二年，繁昌雖然沒有大災，卻也沒什麼收成。相信正統，並且唯心的貢元以為，農民種田，應該向皇上繳納錢糧，不然老天將不容許。於是，他又向皇上奏本說：「我主萬歲，繁昌飯籮山倒掉後，承蒙皇上救濟，繁昌人民感恩戴德不盡。近年來全力以赴，又開出一些田地了。這開出來的田地，應該上繳錢糧才是。」皇上聽了說：「准奏。」於是繁昌縣農民又向皇帝繳納錢糧了。不過，繳的數量很少。

為了對外講得通，他把繁昌田畝的數字減少了。按照實際田畝平均下去，繁昌田的面積被弄大了，每一畝六分六厘才算一畝。這種辦法，使繁昌農民減少了百分之四十交差使役的義務。在那「有田須當差」、苛捐雜稅多如牛毛的社會裡，為繁昌農民減輕了許多負擔。如今，繁昌的田地，有老畝和市畝之分，每六分老畝，才是市畝一畝，其原因便在這裡。

徐貢元在大理卿閒待兩年後，被任命為戶部侍郎兼總督糧儲的職務。期間，他又遭嚴嵩陷害，說他在鑄造國幣時偷工減料，製造假錢。因為嚴嵩的搗鬼，在檢查國庫時，果然發現了假幣。嘉靖帝本來非常信任徐貢元，可是當他見了這些「證據」後，信以為真，大失所望，憤憤地說道：「徐貢元是朕最信任的貪官！」加上西宮娘娘一再慫恿，嘉靖帝決定殺掉徐貢元。

皇帝與娘娘的對話，讓身邊的宮女聽得清清楚楚。這個宮女與服侍貢元的丫鬟熟悉，因為她非常敬佩徐貢元的人格，便偷偷地將這個消息告訴了服侍徐貢元的丫鬟。徐貢元的丫鬟每天早上在給主人打來洗臉水、沏來早茶時，總要給徐貢元請安。這天早上送來這些東西後，居然什麼話也沒說，轉身就走了。徐貢元覺得奇怪，仔細看了看茶碗，發現裡面有三粒紅棗，碗蓋上還有天香。貢元聯想到這些天來，在嚴嵩老賊的唆使下，朝中正在檢查自己管理的錢庫，大約已經被他捏造出了證據，自己的大難就要來了——今天丫鬟這個意思，是叫我：「早早還鄉！」

徐貢元本無什麼財產，只是將自己常穿的衣服收拾了一下，便動身回鄉。可是，當他走到城門口，卻見戒備森嚴，自己根本出不去了。這樣一來，他更加意識到事態的嚴重性。於是，徐貢元迅速來到海瑞家，坐上海瑞的轎子出城。因為海瑞是經過皇帝的特許，無論到了哪裡，都有不受檢查的特權。這樣，徐貢元才算出了京城，逃了回來。

徐貢元回到家鄉後，他想嚴嵩絕不會就此甘休，一定會派兵前來逮捕他。於是，他穿著青衣小帽，整日在紫嵐嶺路邊茶館裡等著朝中的兵來。當時，正值炎天六月，他將遮陽傘傘柄竹節打通，裝了一傘柄的清水，準備應付突發事件。

果然，嚴嵩見徐貢元不辭而別，就上書嘉靖帝，再三說若此人不除，有損萬歲的聖威。於是，嘉靖帝便下了聖旨，派御林軍到徐貢元家來抄斬他家滿門。這天，隊伍到了紫嵐嶺上，已是巳時，人人熱得滿頭大汗，就來到茶館休息。他們見這裡有個人在一旁悠然自得地品茶，領隊的頭目問道：「喂，喝茶的，這裡有個叫徐貢元的，你知道嗎？」

徐貢元說：「他是我們這裡有名的清官，哪會不知道啊！」

那頭目又問他認不認得到徐貢元的家，徐貢元說：「家鄉熟人，怎會不認得呢？」這頭目聽後，便吩咐這位「茶客」為他們帶路，貢元欣然答應。

他們出了茶館，徐貢元騎上毛驢，撐上遮陽傘，帶著這些兵丁，往平鋪方向的長山頭上走來。大熱天，驕陽似火，走在青蓬柴夾道、高低起伏的山路上，熱浪襲人。徐貢元渴了，將傘柄往嘴上湊一下，喝點水。

大約走了一個多小時，這些在皇城裡驕養慣了的兵丁，汗水溼透了衣裳，又沒有水喝，都口渴心焦，疲憊不堪。頭目問道：「徐貢元家在哪裡，還有多少路啊？」

徐貢元說：「怎麼？才走了這麼點路，就問起他家在哪裡了？還遠得很呢！我捨得時間給你們帶路，你們急什麼！」說著，催驢又走。

走了一程，頭目實在熱得受不了，很不耐煩地問道：「徐貢元家到底還有多遠？」

徐貢元這才勒驢駐足說：「從這裡到徐貢元家，十里長山跑死馬，十里團山轉死馬；還有十里陷馬灘，再過十里大興湖，走過小興湖中的十里梅花樁，才能看到徐貢元家的莊園。這些雖說都是十里路，其實只是個約數，我們走了這麼長時間，十里長山還沒走到一半呢！」

此時，日當正午，火熱的太陽當頂照著，熱得這班兵丁像是蒸籠裡的烏龜，實在吃不消。本來，徐貢元在朝中口碑很好，這頭目也沒有冤仇一定要去殺他。於是，頭目說道：「算了，算了。徐貢元家這麼難走，就算到了他家，我們也沒命了。」說完，沒再理會徐貢元，便回馬轉程了。

可是，這班御林兵為了回京能夠交差，路過三山街道時，卻殺掉了三山的一門無辜的徐姓。徐貢元知道後，大哭了一場。而後，遷徙自己住處的徐姓到三山，填補了三山徐家。

徐貢元為官清廉，因此家道並不富裕。逃過了皇上追殺後，他與地方紳士、百姓來往，也還怡然自樂。這一年的六月十九，他與眾紳士去九華山做觀音會。這時候，廟裡正籌備建築觀音閣。住持見他們都是名流，特別設宴招待。可是廟裡設宴是有規矩的，喝酒的人應該捐款；特別是坐首席的，要帶頭多捐。因此喝酒時，眾紳士都不肯上首就坐。徐貢元見了，大大方方地坐了上去。

席間，住持捧著化緣簿請眾紳士施捨。因為徐貢元坐在首席，理所當然地首先捐贈。徐貢元清清嗓子，說：「我徐貢元見錢捐一百挑，見鹽捐一百挑，見油捐一百挑。」

在位眾紳士聽了，雖然不相信徐貢元會有這麼多財產可捐，可是他們虔誠地篤信，在佛事上是不可打誑語的；加上徐貢元到底是當過朝中大官的，以為他會有另外的財產。於是，各要面子，盡力捐贈。之後，廟裡化緣時，總捧著這些紳士捐贈數字的簿子昭示施主，施主們見了他們捐贈的數目，都不甘小氣，使九華山觀音閣順利地建了起來。在收集捐款時，住持知道徐貢元的用意，最後才收他的。徐貢元只是拿著湯匙，將錢、鹽、油各舀了一百給廟裡。並且說：「這湯匙，我們地方上叫做挑子。我所說的各捐一百挑，就是指這樣的『挑』子。我徐貢元哪來那麼多的財產，能捐得出挑擔的『挑』呢?當時所以那麼說，只是為了想大家都能多捐贈一些!」

儘管這樣，住持還是感謝徐貢元帶了個好頭，決定贈送他一對旗杆。徐貢元說：「我本無功勞，承蒙住持錯愛，這旗杆就不能樹在外面了，因為會丟人現眼。只好放在大樑上架著，每一百年拿出來出一回新。等到哪一年，我繁昌縣能有一百炷『華山會』朝九華山時，我的旗杆再樹出來，以表示紀念。」

住持知道，繁昌是不可能一次有一百炷香會朝九華的。徐貢元這麼說，分明是不肯將旗杆樹在外面，讓風吹雨淋而腐朽。於是，他也順勢說了句相襯的話：「等到你繁昌能有百灶會朝九華時，我從青陽結絡子，一直結到我九華山上來，表示歡迎。」青陽城離九華山六十里路，從那裡結絡子上九華山，也是不可能的。於是，徐貢元的旗杆總是架在觀音閣的大樑上，每一百年才給出一回新。這樣，旗杆永遠不會壞，拜觀音菩薩的人，同時也拜謁了徐貢元的旗杆。

嘉靖帝逝世後，他的兒子朱載垕當了皇帝，是為穆宗（西元一五六七～一五七二年在位）。穆宗殺了嚴嵩，嚴嵩的女兒西宮娘娘也被貶出了皇宮。一日，徐貢元在九華山看見一位尼姑在井邊洗衣，覺得面熟，走近一看，原來卻是西宮娘娘。出於禮貌，他問候道：「娘娘，一向可好？緣何削髮為尼？」西宮娘娘回首一看，見是徐貢元，自愧無顏相見，又覺無地自容，衣也不洗了，一頭鑽進了井裡。

貢元急忙呼救，待人們把娘娘打撈上來時，已經嚥了氣。徐貢元嘆息了一番，將她安葬起來。如今，西宮娘娘洗衣自盡的水井，還叫「娘娘井」。

徐貢元博學多才，機智敏捷，為官清廉，為民謀福，逝世四百多年了，可是關於他的故事還依舊流傳在人間。

3 「斬龍絕脈」劉伯溫

放牛娃朱元璋能做皇帝，是因為有了軍師劉伯溫的神機妙算。因此，民間有「前朝軍師諸葛亮，後朝軍師劉伯溫」的說法。朱元璋做了皇帝後，迷信所以能做皇帝，是祖上葬在了活龍地的原因。為了保證子子孫孫永遠都做皇帝，他決定把天下能出皇帝的龍脈全部「斬盡殺絕」。

朱元璋知道軍師劉伯溫認得龍脈，就命令他完成這件大事。因此，劉伯溫到處斬龍絕脈。時至今日，民間還有「斬龍絕脈劉伯溫」的傳說。

劉伯溫如何認得龍脈呢？這還得從他小時候說起。

劉伯溫小時候念書時，私塾先生的學堂離劉伯溫的家不遠，只隔著一座山頭。本來劉伯溫念書很勤快，從來不翹課、不遲到，可是，近來卻一連五、六天都沒來上學。先生覺得奇怪，這天放學後，就到劉伯溫家訪問。先生來的時候，劉伯溫還沒回來，他的父親聽說，大吃一驚：「這孩子每

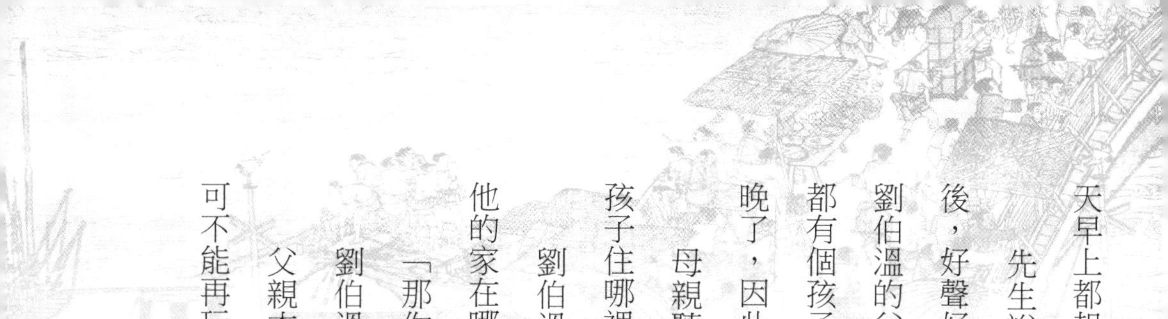

天早上都起得早早的，吃過飯後就出門了，怎麼竟沒有到學堂裡去呢？」

先生說：「東家，您也不必著急，這孩子向來上學正常得很，這回想必另有原因。等孩子回來後，好聲好氣地問問他，別驚嚇了他。」先生走後，直到太陽快落山了，劉伯溫才疲憊地回家來。

劉伯溫的父親問他，這些天為什麼沒有上學？劉伯溫實話相告，近來，他每天上學路過山頭上時，都有個孩子在路上等他，見了他就叫他一起到樹林裡去玩。與這個孩子玩很有趣，不知不覺就玩得晚了，因此沒有上學。

母親聽了，說：「你這孩子，玩性也太重了。與別的孩子玩，竟能玩得連學也不上？你知道那孩子住哪裡嗎？」

劉伯溫說：「我每天去的時候，他已經在路上等我了，我回來時，他還沒走，我也沒想起來問他的家在哪裡。」

「那你午飯怎麼吃的？」

劉伯溫說：「山上有許多野果子，餓了吃點果子，就不餓不渴。」

父親本來想發一頓火，卻記起先生「不要驚嚇了孩子」的話來，於是說道：「傻孩子，明天你可不能再玩了。今天先生來找你了，你明天一定得上學去。」劉伯溫點點頭答應了。

第二天，劉伯溫上學來到山頭上時，那小孩仍在路上等他，還邀他去玩。劉伯溫說：「先生都上我家找過我了，我父母不准我再玩，我要上學去。」那孩子聽了，沒有強留，讓劉伯溫上學去了。來到學堂裡，先生問劉伯溫這幾天為什麼沒上學？劉伯溫把說給父母的話，又向先生復述了一遍。先生聽了，沉思了一番，對劉伯溫說：「既然這樣，明天上學時他要是還叫你去玩，你就陪他去玩，也不必問他家在哪裡。我給你一根紅絲線，在玩的時候，把絲線暗暗紮在他的頭髮上。後天，你就不要與他玩了，一定要來上學。我現在叫你做的這些，你不要對你父母說。」

第二天，劉伯溫果然這麼做了。在第三天上學後，他向先生說，已經把絲線紮到了那孩子頭上。先生聽說後，叫上劉伯溫說：「你帶我到你昨天和那孩子玩的地方去。」說著，帶上一把鋤頭，與劉伯溫一起來到山上。

二人來到山上，卻找不到那來玩耍的孩子。先生問：「我叫你將絲線繫在他的頭髮上，你到底繫了沒有？」

劉伯溫肯定地說：「確實是按照您說的做了。」

先生說：「既然做了，那我們慢慢找，只要找到了絲線就行。」於是，他們在山上仔細尋找，終於在一叢藤窠裡看見了絲線。

先生說：「行了，我們就在這裡挖，一定能挖到要尋找的東西。」

劉伯溫想，這絲線能在這藤子上，肯定是那孩子繫上的，先生卻說能挖到東西，這能挖到什麼呢？劉伯溫百思不得其解，只好任先生用鋤頭挖這一叢藤。

這藤下泥土裡夾著碎石頭，先生累得一身大汗，終於在繫著絲線的藤下，挖到一個六七寸長、像小人形狀一樣的東西。

先生喜不自禁地說：「果然挖到了！」說著，顧不得滿頭大汗，從藤的根下摘下「小人」，擦乾淨上面的泥土，把「小人」揣進懷裡，然後將鋤頭往肩上一扛，笑吟吟地對劉伯溫說：「好了，我們回去吧！」

他們來到學堂的廚房裡，先生將這「小人」在清水裡清洗了一下，找來蒸粑粑的小蒸籠，在燒飯鍋裡放些水，把這「小人」放進蒸籠裡，蓋上鍋蓋，叫劉伯溫在灶下燒火，他自己則上課了。

劉伯溫在灶下燒火，大約燒了一個多鐘頭，先生還沒來。他伸手揭開鍋蓋，見「小人」仰面朝上躺在蒸籠裡，渾身散發著香味，就將這東西吃了下去。

原來，這個每天來陪劉伯溫玩耍的孩子，是棵人參精。不與劉伯溫玩耍的時候，就回到它的苗下。現在受上蒼指令，以它的身體，為劉伯溫添加精力。先生知道它的作用，想據為己有，所以，將它挖了回來。不料，卻被神使鬼差，讓劉伯溫吃掉了。

劉伯溫自從吃了人參精後，精力大增，學習更加聰明，不到幾年便完成了學業。

這一天，他在去會友的路上，見到了一位姑娘。她不僅生得美麗，還十分大方，居然與劉伯溫像熟人一樣攀談起來。二人越談越投機，相互心生愛慕，直弄得劉伯溫友也不會，帶著她回家了。劉伯溫的書房有道邊門直通向室外，他把這姑娘直接從邊門帶到書房藏了起來，與這姑娘過著「金屋藏嬌」的日子。

一日，劉伯溫在市集上被看相先生拉住，說有要事相告。他們一起來到茶館裡，看相先生告訴他，他已經被妖精纏上了，若不及早自救，將不久於人世。劉伯溫聽了大吃一驚，說妖精怎麼會纏上我？看相先生叫他把自己身邊所有人的情況都說出來。劉伯溫把身邊什麼人都說了，就是沒說路上遇到的這位姑娘。看相先生聽了，說這些人倒沒什麼問題，你肯定還有什麼人沒有說到，不然，你的氣色絕對不會似有黑雲籠罩、陰鬱不爽的樣子。

劉伯溫不便再瞞，就將路上遇到的姑娘說了出來。先生問他們睡覺的時候是什麼情況，劉伯溫說：「睡覺時，她總是將自己嘴裡的一顆珠子塞進我的嘴裡。這珠子像肉球，沒有味道，她還用舌頭攪動，讓那珠子在我嘴裡滾動。除此以外，沒有什麼特別。」

看相先生聽了說：「這就是了！」他接著說：「你知道在你嘴裡滾動的肉球是什麼嗎？那是吸取你身上精華的『吸精珠』，要不了多久，她就吸盡你身上的精華，你就會羸弱死去。到那時，她又會換另外一個人，再去如法炮製。她會不停地這麼做，目的是為了吸取陽剛精華，增加她的道行。」

劉伯溫聽了，三魂嚇掉了二魂半，連忙請求看相先生務必憐憫，救他一命。看相先生說：「若想活命，辦法倒有，就怕你不肯用。」劉伯溫連忙詢問該怎麼辦？

看相先生教他說：「當她將肉球和舌頭都塞進你的嘴裡時，你將肉球吞掉，迅速咬斷她的舌頭。否則，你僅僅吞掉肉球，她那舌頭將攪碎你的肚腸，奪回她的肉球。也就是說，這是一場你死我活的爭奪，你若下不了這個決心，必將被它毀滅了你！這不是說笑話，你可得小心在意！我說有話告訴你，也就是這一些。」說完，他向劉伯溫作了作揖，說：「保重，保重！」轉身離去了。

劉伯溫一個人坐在茶館裡思索看相先生的話，發了一會兒呆，竟不寒而慄。

這天晚上，那姑娘果然又將肉球和舌頭塞進了劉伯溫嘴裡。為了自己的性命，劉伯溫聽從了看相先生的忠告。他顧不得愛慾，狠著心腸，吞掉肉球後，又迅速咬斷了姑娘的舌頭。這姑娘一聲慘叫，說：「你聽信了誰的蠱惑，竟然對我下了這麼大的狠心？我實則指望以夫妻感情纏夠了你，能圓滿我的道行，現在我一切都完了！慚愧我修行了三千多年，所有的功果，竟然全部丟給了你！」

她無可奈何地嘆了一口氣又說：「自從你吃了人參精後，身體就具有了凡人難得的精華。我纏上了你，如果成功了，我的道行就能圓滿，可以列位仙班，不料今天你反而將我的道行奪了去。我馬上就要死了，看在我們夫妻一場，我還要成全你。」她表情十分痛苦，艱難地說道：「我死後，兩眼會流出淚水來。你把我左眼淚水擦進你的左眼裡去，將我右眼的淚水擦進你右眼裡去。將來你的眼睛就能看得見地下一兩丈深，地下的龍脈，你也會一覽無遺。」說完，她居然變成了一隻狗一樣大小的狐狸。劉伯溫按照狐狸的「遺囑」，將她的淚水擦進了自己的眼睛裡。

這件事後，劉伯溫非常崇尚看相的職業，操起了「麻衣相書」，也做起了看相的營生。用今天的觀點看，這當然是些無稽之談。可是，正因為他有過這些「無稽的遭遇」，便有了「特異功能」，竟做了些「神乎其神」的事情。

後來，朱元璋打江山的時候，劉伯溫做了他的軍師，幫助他建立了大明朝。朱元璋，就是「朱洪武」，之所以能做皇帝，是祖上葬在活龍地上的原因。為了子子孫孫都能將皇帝做下去，他命劉伯溫將世上龍脈全部斬盡殺絕。劉伯溫為了完成這個任務，天天在地面上尋找龍脈，一旦找到了，就命人將它挖斷，叫做「斬龍絕脈」，杜絕新皇帝出世。

繁昌縣大有圩南端圩稍子裡，有一丘一畝六分的水田，被看成是海螺地形，而且螺口正對著北方。要是吹響了這海螺，則會出皇帝。於是，劉伯溫命人在這丘田的北邊鼎足之狀挖掘了三口小塘，說是三顆釘子，能把這海螺釘死。這樣的例子多得很。傳說，現在平坦的田地裡，星羅棋布的水塘中，或者是起伏的山崗上，那些無緣無故的小溝壑，就是劉伯溫「斬龍絕脈」的傑作。

可是，任是劉伯溫努力斬龍絕脈，卻沒有斬到東北去。大明朝的江山，雖然被李自成攪亂，最終，還是被東北「龍地」上產出來的子孫——愛新覺羅氏奪走了！

4 謊老三

歷史上曾經有過這麼一個故事：有個將軍率大軍去征伐敵國，遇長江受阻。六月的天，將軍卻希望長江封凍，於是，派探子去看長江封凍了沒有。這位探子回來如實報告說：「長江只有滾瓜似的流水，沒有結冰。」這位將軍立即殺了這個探子，再派人去探。回報一如第一個探子，又被殺頭，然後派第三個去探。

這第三個人心想，如果如實回報，肯定被殺頭，不如扯個謊，就說長江已經封凍，讓他把軍隊開來，到時候看情況再說。即使被殺，好歹也能多活一時。於是這第三個探子回報說：「長江已經凍成堅冰。」這位將軍聽了，立即驅動大軍，往長江進發。

說來湊巧，當天晚上來了千年不遇的寒流，長江果然封凍起來。這支大軍順利地履冰過了長江，取得了征伐敵國的勝利。可見，扯謊有時也有它的「必要」。

這裡所說的謊老三，盡會扯謊。他姓啥名誰，為何叫老三，無從考究。好在這裡只說他扯謊的事，無須理會他真名實姓。

一、信口扯謊

炎炎六月，驕陽似火。水田稻子生長茂盛，正是要水灌溉的時候，又逢老天久旱無雨，農民們都忙著抗旱。

謊老三家沒田沒地，窮得只剩夫妻兩人。

一日，謊老三從一對正用龍骨水車引水抗旱的夫婦面前經過。他這急匆匆的樣子，倒引起了這對夫婦的興趣。女的說：「謊老三，你忙什麼呢？我聽人說，你會扯謊，你今天倒扯個謊讓我見識見識呀！」

謊老三說：「你們倒好開心，我哪有工夫和你們扯謊，前面大潭灣乾了，我急著回去拿網去捉魚呢！」

大潭灣是附近有名的大水潭，平常是長年不乾，今年大旱，早就聽說那裡水不多了。如果真的乾了，那裡的魚一定很多。

男的說：「真的嗎？」

謊老三說：「我哪有閒工夫和你們多話，去拿網捉魚要緊。」

女的連忙說：「那我叫我兒子跟你一起去行不行？」

「可以，妳叫妳兒子在前面大路上等我，我馬上就來。」那女人連忙叫來自己的兒子，到大路上去等候謊老三，一起去大潭灣裡捉魚。

謊老三到另一個乾涸的水塘裡轉了一圈，弄得一身泥漿，他將褲管捲到腿上，又來到這對夫婦面前說：「我們在大潭灣裡捉魚，見到一條一百多斤的大鱖魚，我叫你兒子不要惹牠，誰知你兒子卻騎到魚背上去了。被鱖魚壓在了身下，現在已經死在了那大潭灣裡了。」這女人聽說，放下車枴（車水的工具），哭哭啼啼往大潭灣而來。

謊老三走近路來到大路上，那女人的孩子正等得性急，見了謊老三說：「你說去捉魚，怎麼到現在還不去？」

謊老三說：「還捉什麼魚啊？你家失火了，還不趕快回家去救火！」這孩子聽了，立即啼哭著往家趕。半路上，母子倆碰到了，娘說：「兒呀，你竟然沒有死？」

兒說：「我家失火燒了多少東西呀？」二人你望望我，我望望你，都愕然起來。

過了一會兒，他們會意過來了：「兒呀，我倆都被謊老三謊住了！」

二、殺死的人又活了

謊老三家貧，常常無米下鍋。岳父老萬家倒是小康之家，可是老萬卻是個「一毛不拔」的吝嗇鬼。他吝嗇惜財，對待自己的親生女兒也是「嫁出門的姑娘，潑出門的水」。

當謊老三無米下鍋，讓妻子回家借一點時，不但總是空手而歸，還常常被父親數落得無地自容：「妳是個沒有志氣的討飯胚，借給了妳，妳就有指望了，更加好吃懶做。像妳這樣沒出息的東西，餓死了活該！」

老萬還常常到謊老三家來訓斥女婿，說：「你一天從早混到晚，不知道做些什麼，搞得家中飯也沒得吃，算什麼男子漢？我把女兒嫁給了你，真是前世做了壞事，現在遭報應呢！」

時間長了，謊老三夫妻懷恨在心，就圖謀將岳父家的財產全部霸佔過來。

一日，老萬又到謊老三家來了。見女兒肚子痛得難忍，在床上翻來覆去地不得安寧，就急忙叫謊老三快想辦法，找郎中醫治。

謊老三說：「別急，我來醫她。」說著，拿了把殺豬刀，往妻子肚子上一捅，鮮血立即濺了一床。

老萬見狀，一把抓住謊老三：「你這混蛋好狠心，你媳婦只是肚子痛，不該殺了她呀——你賠我女兒來！」老萬又是跺腳捶胸，又是痛哭流涕，而謊老三卻鎮定自若。

見謊老三無所畏懼的樣子，老萬拖著謊老三要去見官。謊老三說：「岳父大人莫急，我家常常沒飯吃，沒辦法了，就把她殺了。等有了米，再把她弄活。今天，她肚子痛得難受，我只好先把她殺了，等不痛了，再把她弄活，這就省了她許多痛苦。」

老萬哪肯相信，說：「世上哪有死了的人再活的道理？你要是真有這個本事，就把她弄活了給我看看。」

謊老三說：「她剛才痛得難受，要是馬上又弄活了，免不了還是要痛的。」

老萬說：「肚子痛總比死了好，有本事就把她弄活了，我就饒恕你，不然你和我見官去！」

謊老三顯得若無其事地說：「要她活，就讓她活就是了，見什麼官去啊！」說著，用手在床沿上敲了敲說：「活吧，活吧！省得你父親瞎吵。」說完，他妻子呻吟了一聲，用手摸摸肚子，一手鮮血，接著從床上爬起來，將血汙的被子、衣服拿去水洗。

老萬親眼經歷了這一幕，深信女婿謊老三確有一手殺死了人再弄活的本事。心想，難怪他們經常沒米下鍋，都沒有餓死，看來我女婿真有這樣不尋常的本事呢！

原來，謊老三用豬尿泡（即豬膀胱）裝了一尿泡豬血，讓妻子放在肚子上。老萬來的時候，妻子躺在床上假裝肚子痛，謊老三當著老萬的面，用殺豬刀捅豬尿泡，豬尿泡被捅破了，豬血自然濺了出來，然後妻子就被「殺」死了。老萬哪裡知道其中有這等「機關」！

三、貪便宜的岳父

謊老三的岳父老萬家有良田數頃，兒孫滿堂，還請了兩個長工。每到冬天，田裡工作都做完了，要到次年的清明才可以從事生產。這個期間，十八口之家不從事生產，卻照常消費。老萬總認為「這是最划不來的開支」，因此，他常常琢磨著要是能把這種開支省下來多好。

這年冬天，老萬來到謊老三家，對女婿說：「我今天來，是要和你商量一件事，你那把人殺死了又弄活的本事靠得住嗎？」謊老三知道岳父已經上了當，就欲擒故縱地說：「岳父大人，您問這個幹什麼?靠得住，靠不住，都是我自己的事，我又不要哪個人相信。」

老萬說：「你那本事要是靠得住，我就要請你了。你知道，我家十八口人，一到冬天，什麼事都不做，還是餐餐要照樣吃飯。要是殺死了能再活，就像我親眼見到你殺死了我的女兒，又弄活了那樣——你要是有把握做到不失手（失誤）的話，我就請你去代我辦一下，到了明年清明前再把他們弄活。這樣一來，一個冬天，三、四個月，就能節省許多口糧了。我能有這些積餘，也能多接濟你一點，你看好不好呢？」

謊老三說：「這倒是容易的事。只是，這麼多人被殺了，必須放在一個安靜的地方，任何人都不能進去，更不能動他們。要是動了一下，我就弄不活了。」

老萬說：「這事好辦，放一個安靜的地方，只要我不進去，就不會有別人進去，也不會有誰去動他們了。」

謊老三說：「您老人家要考慮好了，只要能把他們保存得安安穩穩，我做這事是沒有失手的。」

老萬說：「我已經想了很多天了，早就考慮好了，今天下午你就去給我辦這件事吧！」

謊老三鄭重其事地說：「你老人家也別要太急，先回家整理好房子，我等兩天再去。」

老萬生怕謊老三推辭，急忙說：「我知道你的脾氣，做事總是拖拖拉拉，拖到後來就不幹了。你說等兩天再去，就是貪懶，這可不行！你今天下午就來我家，省得我以後又往你這裡跑！」

謊老三被「逼」著來到老萬家裡，一個下午，將老萬家裡十八口人殺了十七口，就留了老萬一個人。那時候家規極嚴，一家之主老萬說還能夠再弄活，被殺的人居然沒有一個抗拒。謊老三把被殺的人全部搬到了下屋（正房以外的小屋），又把遍地的血汙洗刷乾淨，直累得滿頭大汗。老萬感謝女婿為自己做了一件大好事，還特意做了幾個好菜，款待謊老三。

四、把謊老三扔進長江去

老萬自從請謊老三殺了家中十七口人後，整整一個冬天對謊老三都格外看重了。老萬不敢得罪謊老三，生怕今後不幫他將死人弄活，謊老三家缺米缺錢，只要一張口，都是有求必應。老萬自己也半步不離家門，生怕有閒人來家中動了這些死人。只是他雖然每天都到下屋門口看看，但都不敢開鎖進門，生怕驚動了死人。

謊老三自從殺了岳父家十七口人後，自知惹下了彌天大禍。為了開脫罪責，在過年來給岳父拜年的時候，他趁著老萬不注意，偷了鑰匙，溜進了下屋，將那些死人都翻了個身，橫七豎八地擺了一地。好在冬天寒冷，這些死屍都還沒有腐爛。

二月初二那天，老萬心想今天是「龍抬頭」的好日子，應該將死人弄活，也讓他們抬頭見天日了。於是，他來到謊老三家中。

老萬說：「已經到了春天，農田裡的工作就要開始了，你去將那殺過的人都弄活吧！」

謊老三二話沒說，滿口答應著說：「趁今天日子好，應該將他們弄活，好準備工作了。」

說完，立即和老萬來到岳父家中，開鎖進了下屋。打開屋門，見這些死人橫七豎八地躺在裡面，還有一股腐臭的氣味撲鼻而來，令人窒息。

謊老三說：「岳父大人，您怎麼將他們搞得亂七八糟？我早就說過了，這些殺過的人是不能動的。這樣一來，我就沒辦法再弄活他們了！」

老萬見了，實在慘不忍睹，再聽了謊老三的話，傷心極了，便嚎啕大哭起來：「你這個謊老三呀！害死了我一家人，你好狠心呀！這是要了我的老命啦！」一邊哭，一邊抓住謊老三又撕又咬。

謊老三推開老萬，跪在地上說：「岳父大人，這怎麼能怪我呢？我早就說過，不能動了他們，你卻把他們弄成了這個樣子，我還有什麼辦法呢？」

老萬痛哭了一會兒，又想了一會兒，對謊老三說：「你這個狼心狗肺的東西，害了我一家老小，我要是把你送官，可是還不知道官府會怎麼處置你；我要是沒有錢送給官府，就會便宜了你，不如老子親自把你扔進長江裡餵魚去，省得今後看見了你就氣憤、傷心！」說著，找來一個大布袋，把謊老三活活地裝進了布袋裡，扛上肩膀，往長江邊走去。

早春的天氣，已經有些暖意。老萬一個上了年紀的人，扛著一百多斤重的謊老三，走了三里多路，已是累得氣喘吁吁。他見路旁有個茶館，就將裝謊老三的布袋放在樹底下，進茶館喝茶休息去了。謊老三在布袋裡心想，實則指望能圖謀到岳父的財產，反而弄巧成拙，眼看自己馬上就要被扔進長江餵魚去了，早知今日，何必當初！

謊老三在布袋裡正胡思亂想，心裡難過，透過布袋縫忽然見大路上走來兩個人，一個駝著背，一個光著頭。求生的慾望，讓他心生一計，當這兩個人走近時，謊老三在布袋裡高叫道：「醫駝子、瞧瘌痢啊！」

這兩人四處張望，並不見人。謊老三在布袋裡又叫道：「醫駝子，瞧瘌痢啊！」

駝背的人問道：「你在哪裡？」

謊老三說：「我在布袋裡呢！」

光頭的人說：「你是給人看病的先生，怎麼會在布袋裡呢？」

謊老三說：「這就是我的特別之處，你們快放我出來說話。」這兩個人一起動手，將謊老三從布袋中放了出來。

謊老三說：「你們哪個先醫？」

駝背的人說：「我先醫。」謊老三叫駝背人鑽進布袋裡，叫光頭的人和他一起將布袋放在了樹底下。謊老三說：「我的醫術很特別，你在裡面別出聲，馬上就會有人來背你。到了地點，我再幫你醫治。」說著，招呼光頭的人說：「我們到前面等候去。」

老萬在茶館裡休息好了，來到樹底下取了布袋，氣沖沖地扛著就走。來到江邊，他將肩上的布袋用力一扔，布袋裡的人，連哼都沒來得及哼一聲，就被扔進了波濤滾滾的長江裡。望著隨波而下的布袋，老萬說：「你這個害死人的謊老三，這就是你的下場！」可是他做夢也沒想到，被扔進長江的竟是「李代桃僵」的駝背人。

五、送岳父去海龍王家

謊老三料想：「我被扔進長江了，岳父一定要來和他女兒一起生活。」於是他到街上買了些染料和一些五顏六色的玻璃球帶回家來。家中老母豬生下的小豬崽才十多天，他用剃頭刀將這些小豬崽全身剃個精光，拿染料塗得五顏六色；又將那些玻璃球用木盒裝著，等候岳父到家中來。

老萬扔掉了謊老三，心頭之氣好像洩了一些，回到家中，見家裡一團糟的樣子，心裡不免難過。他將那些死人埋葬以後，想想自己就只剩一個親生女兒了，無奈之下，只好來和女兒一起生活。

第三天，老萬來到謊老三家。見謊老三安然地在忙碌著家事，心中疑惑：這狗日的，是我親自將他裝在布袋中，扔進長江裡的，怎麼還在家裡？

謊老三見岳父來了，像往常一樣熱情接待。

老萬問：「你怎麼又回來了？」

謊老三說：「岳父大人，多虧你把我送到海龍王家，海龍王見我是稀客，送了我許多寶貝，一輩子夠受用的了，真的感謝您老人家。」

老萬怕謊老三又在扯謊，說：「什麼寶貝，拿來我看看。」謊老三端來小木盒，滿盒的玻璃球，他將盒子晃晃，不僅嘩嘩作響，還熠熠生光。

謊老三說：「這是海龍王送給我的珍珠和瑪瑙。」又說：「你佬到這邊來。」他將老萬引到裡間屋裡，指著那一窩被顏料塗的五顏六色的小花豬說：「這是海龍王送給我的千里豬，都是價值連城的寶貝啊！」

老萬見了，信以為真，說：「聽說海龍王家寶貝無數，是真的嗎？」

謊老三說：「那當然，他家的寶貝，我看也看不完，數也數不清。海龍王十分好客，不管是誰，只要去了那裡，祂都會送給許多珍寶。」

老萬聽了，羨慕地說：「要是我去了，他會不會送寶貝給我呢？」

謊老三說：「岳父大人，您現在就一個人生活，我又有了這許多寶貝，好日子有得過了，您還要寶貝做什麼呢？」

老萬說：「你這個傻瓜，寶貝還怕多了嗎？明天你就帶我到海龍王家去，我也向祂要些寶貝回來。」

這個貪財如命的老萬，到了家破人亡的時候，還念念不忘「寶貝」，這真叫做「人為財死」。他不僅想要許多寶貝，而且心情十分迫切，說：「你明天就送我去海龍王家，我要見識見識海龍王和他家的珍寶。」

謊老三說：「這個容易，你明天馱一口大缸到江邊來，我就送你到海龍王家去。」老萬一聽，忘了家人被殺的悲痛，竟興高采烈地說：「就這麼說了，我明天一早在江邊等你，你可不能睡懶覺！」說完，喜滋滋地回家去了。

第二天早上，謊老三背了一個魚盆來到江邊。老萬早就將大缸馱了來，等候在那裡。翁婿見面，老萬急忙問怎麼才能去海龍王家。

謊老三說：「把缸和盆都放在長江裡，您坐在缸裡，我坐在盆裡。」

二人坐進盆裡和缸裡後，謊老三遞給老萬一個楠木橈子（划魚盆用的槳片），對老萬說：「我倆都要用這橈子用力地敲，我還要不斷地喊『你敲缸，我敲盆，海龍王家快開門』的口訣。敲得聲音越響，海龍王家的門就會開得越快。」

老萬知道，缸是不經敲的，可是，他想到海龍王家去，就得親自下到長江裡。想到這裡，老萬倒是真正地用力敲打著他坐的缸。不一會兒，只聽得「咣」一聲響，老萬坐的缸被敲破了，這一心想見海龍王的吝嗇鬼，果然「見」海龍王去了。

謊老三將老萬和他一家人都害死後，和妻子順理成章地佔有了岳父家所有的產業。

六、謊老三做了閻王

老萬一家十八口被謊老三害死後，一起來到閻王殿向閻王告狀，請求閻王為他們申冤報仇。閻王聽了老萬一家人的哭訴，勃然大怒道：「世上竟有這樣歹毒的人，居然謀殺了自己岳父的全家人，立刻叫無常鬼將他拿來治罪！」

當時當差的無常鬼，一個叫做「豬頭風」，一個叫做「綠豆眼」。這兩人得了閻王的命令，急急忙忙來到凡間拘拿謊老三的魂魄去交差。

謊老三自從佔據了老萬的家產後，知道岳父在陰間不會饒恕他，就常常在家裡做些神經質似的「鬼頭鬼腦」的把戲。這一天，豬頭風和綠豆眼來捉拿他時，剛到門口，就聽謊老三對妻子叫道：

「快拿我的屠刀來，我要斬豬頭煮綠豆嘍！」那豬頭風和綠豆眼嚇得屁滾尿流，轉身回去了。

祂倆來到閻王殿上，向閻王稟報說：「報告大王，謊老三果然狠毒。我們還沒進他的大門，他就叫他妻子拿屠刀來，要把我們斬了下鍋去煮。這麼狠毒，我們不敢拿他，請大王另派高手才是。」閻王聽了，發了狠心：「似此如何了得，待本王親自捉他。」

這一天，謊老三又做起了「鬼把戲」：他把原本是老萬家的小黃牛，全身毛剃得精光，用顏料塗成紅、綠、黃三色條紋。剛剛塗好，閻王正好來捉拿他。

閻王見謊老三這一舉動，覺得奇怪，又早聽說他很厲害，心想，應該先要把情況摸清了，才好對付這歹毒鬼。若不知他的底細，吃了虧，後悔就來不及了。

閻王在謊老三面前現了真身，謊老三見忽然來了一位官樣人物，問道：「你是何人，來此何幹？」閻王自恃官大、權大，毫不掩飾地說：「我是閻王，捉拿你去陰曹地府。」

謊老三鎮定自若地說：「我知道閻王要來，特別將我這『萬里營』打扮一下，好走得快些。」

閻王聽了，吃驚不小，幸虧我現身打聽到了真情實況。不然，謊老三騎上『萬里營』，我千里豬怎麼趕得上？他到了陰曹，我還在路上，那怎麼行！於是，閻王說：「謊老三呀！你『萬里營』跑得太快，我千里豬趕不上。我不在陰曹地府，沒有主事人，小鬼們會欺負你的。不如你將『萬里營』和我的千里豬交換，我先到了你再到。」

謊老三說：「閻王要換在下的坐騎，豈有不依之理，只是千里豬、『萬里營』都是神獸，只有將我們的衣服也換了，才能騎上牠們。」

閻王聽了，覺得有理，馬上將身上衣服脫下，與謊老三換了。

謊老三穿上閻王的衣服，騎上千里豬，一陣風響，早到了陰曹地府。小鬼們見了，說閻王回來了，都恭恭敬敬地來迎接。豬頭風問道：「謊老三捉來了沒有？」謊老三沒回答，坐上閻王寶殿發令說：「謊老三正在路上，眾小鬼，趕快架起油鍋，烈火燒滾，待謊老三一到，下油鍋伺候！這個歹毒的傢伙，一定要炸他個皮開肉綻！」小鬼們得令，立刻去辦。

且說閻王騎上小黃牛，慢吞吞地往陰曹地府而來。祂揮起鞭子狠命地抽打，小黃牛只是把屁股扭了又扭，仍然慢吞吞地走路。閻王抽打得越狠，小黃牛越是扭著屁股走得顛簸不穩。在一處山路上，小黃牛將閻王從背上掀了下來。一根樹枝刺進了閻王的眼睛，祂的眼睛立即被刺瞎了。閻王忍著劇痛，爬上牛背，再也不敢抽打小黃牛了，閉著眼睛，任小黃牛慢慢地走。

此時，靜坐在牛背上的閻王，聽見有人在哭。這哭的人邊哭邊罵道：「閻王呀！祢瞎眼睛啦！我家就只有一個兒子，也被祢弄死了呀！」閻王聽了，心想，這凡間人不只是謊老三厲害，其他的

人也不簡單，我眼睛才被刺瞎了，他們就知道了。

小黃牛馱著閻王慢吞吞地來到陰曹地府。謊老三看見了，說：「小鬼們何在？」小鬼們急忙答道：「我們都在這裡！」真謊老三、假閻王說道：「謊老三騎著黃牛已經到了，快將他捉來，下到油鍋裡炸！」

閻王因為瞎了眼睛，看不見情況，聽見了謊老三說的話，喝道：「誰敢冒充我！」

小鬼們將閻王從牛背上拖了下來，閻王大聲說道：「我是閻王，不許胡來！」小鬼們聽說都愣住了。

謊老三見狀，大聲喝道：「大膽謊老三，竟敢冒充本閻王，眾小鬼，還傻愣什麼，快將謊老三下到油鍋裡去！」眾小鬼七手八腳抬著閻王，閻王拼命地喊：「我是閻王……」也是因為這些小鬼實在痛恨閻王平日裡作威作福，加上謊老三一再催促，小鬼們竟將真正的閻王扔進了油鍋裡。

而謊老三卻從此做起了真正的閻王。

5 項羽的傳說

秦始皇修築萬里長城，將全國百姓都徵去做苦工。觀音老母憐惜人們勞累過度，死難太多，就變成了一位婦女，給每位修長城的人發了一根絲線，叫他們拴在扁擔上。人們挑起擔子來，都覺得不費什麼力氣，輕飄飄的，也就不那麼勞累了。秦始皇見人們前些日子疲憊不堪，現在卻精神抖擻，問是什麼原因。人們告訴他是因為有位婦女給了一根絲線拴在扁擔上的緣故。

秦始皇想，這絲線有這麼大力量，我何不把它們集中起來，做更重要的事呢？於是，他下令將所有的絲線都收集起來，編製了一根鞭子。他試了試這鞭子的力量，果然威力無比。一鞭子下去，竟然可以趕動一座大山。於是，他就用這根鞭子趕山填海。

海龍王見狀著急了：「如此下去，哪還有我龍王生存的地方？」於是，祂打發自己的女兒三小姐下凡，來偷秦始皇的鞭子。

這時，正逢孟姜女為被徵發而來修萬里長城的丈夫萬喜良送寒衣。發現萬喜良已經被累死了，就悲慘地痛哭，竟然把萬里長城哭倒了一大段。秦始皇得知這一消息後，親自跑來察看，發現孟姜女美貌絕倫，欲納其為妃。孟姜女寧死不從，撞死在萬里長城上。三小姐趁此機會，借孟姜女的屍體，使孟姜女復活，做了秦始皇的妃子。為了偷到秦始皇的鞭子，三小姐模仿那鞭子的樣子，做了一根假的，隨時準備偷偷地調換那個真的。

秦始皇每天趕山填海不止，鞭子用過以後，就變小插在耳朵裡面。假孟姜女、真龍王三小姐每天晚上陪伴秦始皇睡覺，日夜觀察，秦始皇睡著了的時候，總是圓睜雙眼，而沒睡著時，卻總是兩眼微閉。三小姐看他眼睛微閉時，想動手偷他的鞭子，卻被秦始皇制止；而眼睛睜著的時候，她又不敢下手。因此，鞭子總調換不成。眼看著山越趕越多，海越來越小，三小姐心急如焚，卻無從得手。

光陰荏苒，不覺從寒冬臘月已經到了春光明媚的清明。這天晚上，秦始皇又趕山回來，三小姐以問候的口氣說：「我皇一天到晚辛辛苦苦，晚上還操心得覺也不睡，這樣下去，有礙龍體安康啊！」

秦始皇微笑著說：「愛妃怎麼說我晚上不睡覺啊？我不是每天晚上都睡得很香！」

三小姐說：「您總是雙目圓睜，怎麼說睡得很香呢？」

秦始皇哈哈大笑說：「愛妃，妳這可弄錯了，我睡著了才雙目圓睜，醒著時則兩眼微閉。」

三小姐聽了，「啊」了一聲說：「原來是這樣，是我過於擔心了。」

這天晚上，當秦始皇雙目圓睜時，三小姐用自己的假鞭子換掉了他的真鞭子。

第二天一早，三小姐便回龍宮向父王——海龍王交了差。

繁昌的浮山是秦始皇從奎潭湖趕來的，第二天醒來，他想把浮山趕到大海裡去，可是，再也趕不動了，只好留在了現在的地方。如今奎潭湖是九十九道支流，浮山也是九十九個山包。秦始皇趕不動浮山，又去東邊趕一座大山，他用足力氣連抽了三鞭子，將那大山抽出了三條深深的大溝，可是，那山卻紋絲不動。秦始皇氣憤地罵道：「你這三鞭子趕不動的老山！」現在離浮山幾百里以東有座嶗山，山腰有三條深溝，就是秦始皇鞭子留下的痕跡。這山所以叫做「嶗山」，是人們將「老山」改叫了「嶗山」的原因。從那以後，秦始皇因為沒有了真鞭子，再也趕不走山，也就沒有再趕山填海了。

龍王三小姐陪伴了秦始皇三個多月，懷了身孕，十個月之後，產下了一個男孩。因為是凡人的

兒子，龍宮裡不能養育，沒有辦法，三小姐只好在山坡上找了個避風的地方，將孩子丟在這裡。她怕這孩子活不成，就吩咐鳳凰給他遮蔭，老虎給他餵奶。

龍王三小姐安置好了，看著孩子的周圍環境，想想他本是龍種，應該生在龍宮，養在龍宮，而現在卻只能養在草叢裡。心裡產生了悲情，不免嘆了一口氣，說道：「可憐，我兒落草嘍！」

此後，這小孩為江東項將軍收養，取名叫做項羽。項羽因為是龍生虎養鳳遮蔭而長大的，具有「力拔山兮氣蓋世」的萬夫不擋之勇。在滅秦戰爭中功績卓著，號稱「西楚霸王」。然而，他的命運，終究沒有逃出自己母親的預言，被本不如自己的劉邦，逼得在烏江自刎，將大好江山輸給了劉氏，建立了漢朝。劉氏認為自己是「正統」，反譏項羽是「草寇」，應了他母親——龍王三小姐「我兒落草」的話。

6 小二害

此君真姓真名，何方人氏，由於有些年代，已經不可考。只是他的行為頗為滑稽，所以還有「事蹟」留在世上。他之所以叫「小二害」，顧名思義，他所作所為，大事犯不了，只對當事人有些小害而已。

小二害由於家貧，討不到老婆，一個人生活。家裡一畝田，也不好好種，又不給人幫工，一天到晚只是東家望望，西家逛逛，日子過得窮困潦倒，並且在破罐子破摔的同時，還常常發些奇想。他的口頭禪是：「一望得窖二望反，三望好看的內眷（此地對妻子的俗稱）死老闆（丈夫）。」所謂「得窖」，就是得到埋藏在地下的金銀財寶；他所說的「反」，自然是天下大亂，他以為天下大亂時，能夠撈到好處；好看的婦女死了丈夫，他這個窮光棍，該有希望得到漂亮的老婆了！

小二害無所事事時，喜歡逛賭場。一個漆黑的晚上，他從賭場回來，走到自己家門口，依稀看見一條黑影，閃到院子裡去。他知道時下盜賊較多，可是偷到了我這裡，實在是走錯了路，我有什麼東西給你偷呀？但你既然已經來了，我也應該好好「款待」你一下。

他進門後，來到床前，自言自語地說：「今天運氣真不錯，贏了這麼一大堆銀元，我來數數看有多少。」屋裡有個窗口，對著床邊，小二害用身子遮住視窗，點亮了香燈，然後拿兩塊銀元放在手裡，弄得叮叮噹噹響，嘴裡還數個不停。當數到一百一十塊時，他開懷大笑地說：「還真不少，整整一百一十塊。」隨後煞有其事地說：「放哪裡呢？就放我枕頭旁邊吧！」說著，吹滅了燈，伸手在灶門口拿了根木棍，放在床裡邊，上床睡覺了。

小二害家的屋門，出門帶上，進門推上，從不上鎖或上閂，盜賊輕而易舉地就能進來。

小二害在屋裡的一言一語，盜賊在外面聽得一清二楚，他心裡竊喜，今天可算是找到好主顧了！

時間不長，盜賊在外面聽見小二害打起了呼嚕，又過了一會兒，小二害講起了夢話。盜賊以為小二害已經睡熟了，就推開了屋門，來到他的床邊。小二害聽見盜賊進來了，夢話說得更響了：「起風、起風，下雨、下雨。」當盜賊伸手向他枕頭旁邊摸索時，小二害說；「打雷！」舉手拿起木棍打來，只聽見「砰」一聲響，盜賊抱頭鼠竄了。

盜賊挨了打，自然不會講出來。小二害卻將這件事當作趣聞，四處說給人們聽。聽到的人都說：「小二害，你要是弄出人命來，可怎麼得了？」

小二害說：「我只要他疼痛，哪會把他打死呢？」

小二害的叔叔家請了一個桐城人做長工，只知道在田裡勞動，工作以外的事不怎麼上心。他叔叔家常拿鹹鴨蛋給長工當菜吃，這個桐城人很喜歡吃。因為他沒有吃過這種鴨蛋，就詢問東家娘子（就是小二害的嬸娘）：「這蛋是怎麼來的？」

東家娘子指著一旁的鴨子告訴他說：「是鴨子生的。」

桐城人說：「今年我下工回去時，請妳送給我一隻鴨子，我以後回家也有鹹鴨蛋吃了。」

東家娘子說：「可以。」當年臘月，這位長工下工時，東家娘子將一隻生蛋的母鴨給了這位長工。

小二害知道了，將自己的大公鴨捉來，對那長工說：「你的鴨子不漂亮，個頭又小，看我這隻，又大又漂亮，我換給你，回家也好看些。」那長工聽了，很高興地與小二害換了。回到桐城後，他精心餵養，可是這隻鴨子，不僅不生蛋，連叫喚也叫不響（公鴨本身就叫不響）。他看著鴨子，不

明白其中原因，就對著鴨子說道：「尾巴綠油油，嘴巴像魚鉤；你在江南生鹹蛋，到我桐城就發齁（公鴨叫喚的聲音）！」

第二年春上，桐城人再來上工時，將這情況講給東家（小二害的叔叔）聽，正好小二害也在場，他直笑得肚子發痛，桐城人還被蒙在鼓裡，不知道他笑什麼。

小二害隔壁住著一位年輕的教書先生，每天之乎者也，對小二害遊手好閒的樣子，常常嗤之以鼻。

小二害恨得牙癢癢的。一個大熱天的早上，他料定了先生要上廁所，將先生廁所蹲位的墊腳石撬空了。先生一蹲上去，便「咕咚」一聲，掉進糞坑裡去了。先生爬起來，一身汙穢，只好去屋後面的水塘裡清洗。小二害在遠處偷窺，想看看先生怎麼清洗。先生一貫愛清潔，今天弄了一身汙穢，泡在水裡仔細洗還不算，又下到水的深處，把身上衣服全部脫下來，用手搓洗，洗好後，擠乾了水，扔到岸上，還跑到深水裡來洗身子。

水塘岸邊長著茂密的灌木叢，在先生一心一意地擦洗身體的時候，小二害彎著腰，從灌木叢中偷走了先生的衣服，藏了起來。

然後，小二害跑到學館裡，對學生們說：「你們的先生掉到水裡都快淹死了！」

學生們急忙問：「在哪裡？」

小二害說：「就在後面水塘裡。」學生們一窩蜂似的來到水塘岸邊，見先生在水中洗得正起勁。便大嚷道：「先生，你不要緊吧？」

先生見學生們都來了，在水裡說：「我洗個澡就來，你們都回去好好念書，別站在這裡望著我！」學生們只好都回到學館裡。

先生洗好了身子，打算穿扔上岸來的溼衣服，回家換乾衣服。他來到岸邊，卻不見了衣服。沒有衣服，不僅不能回家，連岸也上不來了，附近又找不到人能拿衣服來，只好又回到水中。

學生們應該放學吃午飯了，還沒見先生回來，有幾個學生又跑到水塘邊看望。見先生還泡在水中，問道：「先生，你還沒洗好嗎？」

先生已經急得像熱鍋上的螞蟻，見了學生，趕緊說：「你們快叫師母給我送衣服來，我等著衣服穿呢！」

學生們說：「先生，你穿的衣服呢？」

先生說：「別問了，叫她快送衣服來！」學生們只好按照先生的吩咐，叫師母送來衣服，先生這才上得岸來。

這一回，先生在水中整整的泡了一個上午。不料，小二害和別人說起這件事來，還津津樂道地說：「那個窮酸的傢伙，那天算是讓我給捉弄了。」這話傳到先生耳朵裡，差點把先生的肺都氣炸了，可是也拿小二害沒辦法。

自由散漫的小二害，希望天下「反」。可是有一天天下真的反了，他不僅沒有撈到好處，還險些送了性命。

那是個月黑風高的秋夜，小二害正睡在夢中。忽然，被人從床上拖了起來。小二害惱火地說：「我正睡覺，你開什麼玩笑！」那幾個人把他扭了胳膊，拉著往外走，還一路走一路訓他：「娘的，誰和你開玩笑？去給老子做工去！」小二害被糊裡糊塗帶到了村裡的空地上，那裡已經集中了十多個被抓的農夫，四周還有五、六個士兵拿著槍看守著。天快亮的時候，又陸續被抓來了十幾個人。

那天晚上，這些兵將小二害叔叔家的肥豬殺了，從夜裡一直吃喝到了天亮。吃過以後，他們叫這些被抓來的人都挑上擔子，夾在隊伍中間，啟程了。小二害挑的是兩個布袋，鼓鼓囊囊不知是些什麼東西。不過，這擔子倒不太重，大約有七、八十斤。他們跟著隊伍，順著鋪路（做生意常走的大路）一直往南走。到了村店，便讓他們趕緊吃一點，又得啟程，一路幾乎沒有休息。晚上歇了下來，被抓來的農夫，集中在一個房間裡，由士兵們拿槍看守著。

小二害聽人說過，做勞工要是不偷跑的話，就一直要把隊伍送到目的地。目的地在哪裡，士兵們不說，他們哪會知道？他看樣子，送他個五、七十天，半個月，也說不定。要是遇到打仗，說不定就要充當炮灰。於是，小二害計畫逃跑。

小二害知道，因為看守得太嚴，想要晚上逃跑是行不通的。只有白天，出其不意，或許還有逃掉的可能。他看隊伍匆匆趕路的樣子，不會為了哪一個人，而停止前進的。第三天上午，隊伍走進了丘陵地帶，沿路都是小山。在一個長滿松樹的小山包旁，小二害見這山坡不大，只幾步就能翻過山頭；況且，山上樹木茂密，只要上了山，就會看不見人。於是，小二害忽然叫道：「啊唷，我肚子痛死了，要屙屎啊！」說著，扔下了肩上的擔子，衝上了山頭。等後面的士兵看見，回過神來，小二害已經翻過了小山包。雖然響起槍響，而他已到了山的另一邊，子彈無論如何也打不到他了。

小二害猜測得沒錯，這支部隊確實是在急行軍，他逃跑了，部隊並沒有因他停下來。小二害在柴窠裡躲了一個多時辰，見四周確實安靜了，猜想隊伍已經走遠了，才爬上山頭向大路上觀望。見果然沒有了隊伍的影子了，他才戰戰兢兢地來到大路上。

小二害沿著來的路往回走，每當見到人多，就有些膽怯。他日夜趕路，第二天夜裡，總算回到了家。

小二害總是捉弄別人，而這一回，卻被士兵們捉弄了一回。人們問他：「你不是天天望『反』嗎？這倒反了，你除了能多死一回還得到了什麼呢？」小二害說：「我這是『秀才遇到兵，有理說不清』呢！」

小二害四十三歲那年，村上七十多歲的破落戶財主死了。他有個妾，叫四榮，才四十歲，仍然是徐娘半老。這財主死後，四榮在那家裡無法生活。有人給小二害撮合，他倆便組成了家庭。

四榮在老財主家，由於家道衰落，吃夠了苦頭，與小二害結合後，真心誠意地想過好日子。於是，叫小二害要立志做人，不能再得過且過，放蕩不羈。小二害自從與四榮成家後，果然變成了成九的兒子，誠（十）實起來。他租了三畝水田，加上自己的一畝田，起早摸黑地辛勤耕耘，沒過三年，也成了比較殷實的家庭。四十五歲那年，四榮還為他添了個可愛的兒子。

小二害是一個詼諧滑稽的人物。沒成家前，無拘無束，遊手好閒，以致胡思亂想，產生了「三望」的想法。他的三望，第一望得窖，想當個暴發戶，最終只停留在幻想裡；第二望反，雖然實現了，他卻也被罹難其中；只有中年成家，算是得到了好看的「內眷」。他的三望也只是這一望才算是得到了實惠，加上誠實的勞動，才步上了正常的生活軌道。可見，放蕩不羈，異想天開（比如他的『二望反』），不一定就是好事。

7

養媳婦

從前，農村多是養媳婦，又稱童養媳。所謂「養媳婦」，就是父母為沒成年的男孩娶來的女孩子。既然沒有成年，自然不能成親，於是，養在家裡，等孩子們都長大了，再給他們成親。這娶回來養在家裡的女孩，稱為「養媳婦」。

從前的中國是封建禮教社會，封建禮教的家長制風俗相當濃重。家庭長輩是說一不二的當權者，這「養媳婦」來到後，歸婆婆管教。養媳婦是下一代家庭繼承人，做婆婆的多是執行「從嚴教育，甘從苦來」的教條，對養媳婦管教得十分嚴格，以致做養媳婦的大多都是吃夠了人間的苦頭。當時的家教奉行「打罵成人」的條規，因此，養媳婦除了無休止地做著力所能及的家事外，還經常挨打挨罵，有時還吃不飽、睡不足。

這一天，養媳婦被瞌睡困擾得實在受不了，還強打著精神餵雞。她恨死了這些雞，心想，如果沒有這些雞，或者還能打個盹。於是罵道：「黑雞、麻雞，都是瘟雞！」不料被婆婆聽見了，惱怒地問道：「妳這是怎麼說的？」養媳婦趕緊改口說：「我說『黑雞、麻雞，都是好雞』。」婆婆聽了，哼了一聲。

養媳婦被吩咐洗碗，瞌睡使她實在受不了，就說道：「瞌睡金，瞌睡銀，瞌睡來了不饒人。保佑公婆早早死，一覺睡到大天明！」

不料又被婆婆聽見了，訓斥道：「小壞貨，妳說什麼了？」

養媳婦為了避免責罰，改口說道：「我是說『瞌睡金，瞌睡銀，瞌睡來了不饒人。保佑公婆活千歲，把小小媳婦帶成人』！」

養媳婦終於長大成人，結婚生子了。可是，婆婆仍然是「說一不二」。

這一天，婆婆向兩個曾經是養媳婦的兒媳說：「現在妳們年輕人多麼幸運，吃喝不愁，遇到一點苦事，還百般厭煩。我像妳們這樣的年紀時，每天都要天不亮就提著燈籠到山那邊點火回來燒早飯；寒冬臘月，洗尿片，還要順便帶一把菱角菜回來，真是走路都要算帳啊！」

媳婦們聽了，忍不住想笑。婆婆惱怒地說：「笑什麼？不聽家教的東西！」

心直口快的大兒媳說：「您老人家記錯了。既然能點著燈籠，燈籠裡就有火，何必還要到山那邊再去點火呢？寒冬臘月菱角菜早就沒有了，您哪裡還能順便帶得菱角菜回來呢？」

婆婆聽了，明知理虧，卻勃然大怒道：「妳們這些沒了家教的東西，世上從來只有婆婆說的理，哪有妳媳婦說的理呀!?」

可見封建社會的婆媳等級何等森嚴！

8 憨大訂親

憨大由於生性憨傻，好不容易訂妥了老婆，還沒有去相親，就聽說女方家裡嫌他憨傻，不願意訂這門親。憨大的父親對他說：「你未來的岳父家裡人嫌你憨傻，你應該出門學點乖（技巧）回來。只有學得聰明靈巧了一些，再到他家去相親，他們看你不是傻子，這門親事才能做得成。」說完，給了憨大一把銅錢，要他出門學乖去。

時當炎炎六月，暑氣炙人。憨大來到前頭村口，看到一位拾糞的老漢在拾一堆狗屎。那狗屎上停著密密麻麻的蒼蠅，見人來了，「嗡」地一聲飛了開來。拾糞的老人說：「我一人驚動百客，歉身，歉身！」這話恰恰給憨大聽見了。但又怕沒有聽準確，趕緊跑到老人面前說：「請問老人家，您剛才說的是什麼呀？」

這老漢說：「隨口說著玩玩，你問這幹什麼？」

憨大說：「我岳父要與我悔親，我想學幾句好話，好去岳父家叫他不要悔親。」

老漢聽說為了避免悔親，就高興地將剛才說的這句話教了憨大，憨大硬是塞了幾個銅錢給了老漢。憨大走到大水塘邊，有個人正在大楊樹下垂釣。大約已經釣了很長時間，一條魚也沒有釣到。釣魚的人無可奈何地說：「一塘好水，缺少魚和蝦！」

憨大正好走到他的身旁，本來已聽得清楚了，可是還不放心，連忙向釣魚人請教：「請您把您剛才說的話教我吧！」

釣魚的人說：「我釣不到魚，正心煩，還教你什麼！」

憨大說：「行行好，教我吧！我給你錢。」

釣魚人覺得好笑，說：「給我錢嗎？好，我就教你！」憨大給了幾個銅錢，學到了釣魚人說的話。憨大走著走著，前面是條澗溝，溝上橫著一根木頭做著「獨木橋」。對面來了一位老太太，一步一步小心謹慎地走過橋來。過來以後，老太太說：「雙橋好走，獨木難行。」

憨大聽了，連忙湊上前說：「老奶奶，請您老人家把剛才說的話再教我一遍，我阿爸要我學習。」老太太見是個好學的孩子，就將這句話教他，憨大也給了錢。

憨大走到街心上，兩個人正在吵架，一大群人都在圍觀。其中一個人指著另一個人的脊樑說：

「我縣裡不告府裡告，叫你們黃篾籠裝蝦子——一個也跑不掉！」這人一邊說，一邊跑出人群往南去了。

憨大趕緊跑步追上了他，上氣不接下氣地說：「你、你剛才說什麼，請教我吧！」

這個人說：「你真會捉弄人，我都煩死了，還教你什麼？」

憨大說：「我今天出來學話，就你這句話好。你別煩了，快教我吧！我給你錢。」這個人被憨大纏住了，只好將這句話教了他。

第二天，憨大來到未來的岳父家。他那準備悔親的岳父一家人以及村上許多人，聽說新女婿是個傻子，今天前來相親，都聚在這裡看熱鬧。岳父家屋裡擠不下了，門口還圍了許多人，他們要看看新女婿究竟傻到什麼程度。

憨大來了，這些人讓開一條路，憨大進門時說：「我一人驚動百客，歉身！歉身！」眾人聽了，都刮目相看，這麼文謅謅的人，怎麼會是傻子呢？

憨大坐下來後，有人送來一碗白開水，沒有茶葉。憨大說：「一塘好水，缺少魚和蝦。」

不一會兒，又端上來一碗麵條，卻只給了一根筷子。憨大說：「雙橋好走，獨木難行。」這樣一來，在場的人都嘰嘰喳喳起來。

有人說，這是一個很文雅的人嘛，這門親能結；有人說，不見得，說他是傻子，總歸是傻子。他講的這幾句文謅謅話，好像很不自然，哪能說明他不傻呢？這親怕是不能結。

憨大本來沒有靈性，坐了一下，起身就走，走到大門外，忽然想起所學的話還有一句沒有說出來。於是，他用手指著大門裡說道：「我縣裡不告府裡告，叫你們黃篾籠裝蝦子——一個也跑不掉！」

憨大未來的岳父及在場的人，聽了新女婿臨走時說的這句話，以為憨大在官場裡會有不小的勢力。種田人怕官，又見新女婿多少還有些文采，不能算是真正的白癡，於是，將就著結起了這門親來。

9 庸醫嘴功

缺醫少藥的窮鄉僻壤，住著一位姓翁的郎中。雖然他醫術平庸，可是附近除了他以外再也沒有郎中了，所以向他求醫問病的人還不少。

人們請他治病，他巧舌如簧，常常能將患病的原因、癒後結果都說得叫人信而不疑。可是，他用的藥卻是「望風投影」，不僅醫不好病，還常常將小病醫成大病，本來輕微小恙，也能治得久病不癒。更叫人生畏的是，他的診室不大，可是常常有被他醫死的病人。有病的人被他治得苦了，又經不起他巧舌如簧的辯解，雖然背負了巨大痛苦，都只好「打落牙齒往肚裡落」。

有時，病人少了，翁郎中便與人調侃。聽他調侃的，絕大多數是些足不出戶、勞動之餘前來聽趣聞異事的誠實農民。一談起來，只能聽翁郎中誇誇其談，別人難插得上嘴。他總是將醫療上的失誤，甚至醫死了人，說成是「天強不過甲子，人強不過八字」，是他命裡註定的，而自己已經用上了真功夫。他向人們說，「人都是還沒有註生，就已經註死」了的，凡是死人都是該死的，絕不會錯死了人，這些該死的人，任是神仙也是救不活的。他的口頭禪是「醫生只能醫病，不能醫命」。

一個大雪紛飛的寒天，小診室裡清閒下來。見多識廣的凡君一個人在與翁郎中談心。他說：「平心而論，你收人家的錢財，不能給人家治病，甚至把人家醫死了，你對得起良心嗎？」

翁郎中聽了，明知理虧，然而，為了證明自己並非庸醫，卻故弄玄虛、神祕兮兮地創作出一首詩來：「我先生本姓翁，家住山門東；和尚是我表弟，道士是我表兄；一天不醫死幾個人，我們只好吃屁屙風！」

凡君聽了，在心裡說道，你常常把人醫死了，不說自己醫術低下，還說是為了表兄、表弟的營生，這真叫：「淹死的公雞嘴硬——寧死不認輸！」

為了顧及翁郎中的面子，凡君只好「啊」了一聲——原來如此！不過，凡君很清楚，這只是翁郎中強詞奪理的說法。因為身為郎中，何嘗不想治好別人的病呢？他實在是沒有真實本領還強逞其能啊！

10

寡婦死了大頭兒子

童家娘子早年就守了寡，與比她年齡還大兩歲的兒子共同生活。兒子比自己年齡還大，當然是丈夫前妻生的，這樣的兒子稱為「大頭兒子」。

童家寡婦與大頭兒子多年來相處和睦，母子之間並沒因為年齡不符，而出現矛盾。平時娘是娘，兒是兒，生活秩序正常得很。兒子因為種種原因，一直沒有娶妻，寡婦雖然英年守寡，卻篤定從一而終。兩個獨身男女，在一堂房子裡生活著，村上的人都以敬仰的眼光看待他們。當然也有挑剔的，說他們年齡相仿，多少年來住在一起，誰知道他們是什麼關係（懷疑他們做假夫妻）？

隨著歲月的推進，寡婦和大頭兒子都上年紀了。這一天，大頭兒子的大限到了，竟然比寡婦先死了。寡婦死了大頭兒子，這個消息在村上傳開後，引起了一番議論。

村上的裁縫店是閒人們經常聊天的地方。這一天，有教書先生、道士、村社廟裡的和尚和裁縫一起議論開了。他們議論的內容，就是懷疑寡婦與大頭兒子有著不正當的關係。如果確實有不正當關係的話，寡婦就不會把他當兒子治喪。為了弄清真實情況，他們決定，明天去偷聽這位寡婦如何哭訴她的大頭兒子。

俗話說，若要人不知，除非己莫為。又說，物以類聚，人以群分。這四個人議論的消息，儘管非常機密，還是讓同情寡婦的人傳給寡婦知道了。第二天，這四個人悄悄地躲到寡婦的隔壁，要偷偷看寡婦的動靜時，寡婦已經做好了應付的準備。

寡婦來到大頭兒子屍體旁，撫屍頓足，嚎啕大哭道；「我未生，先生我的兒啊；我未死，倒死（道士）我的兒呢；說我的兒，何嘗（和尚）是我的兒喲？要想遇我的兒，鬼門關上才逢（裁縫）——我的兒嘍！」

她將「倒死」「何嘗」兩個詞，有意哭成了「道士」與「和尚」。這四人聽了面面相覷——自討無趣。道士、和尚、裁縫都望著先生，道士說：「我們去告她一狀，就說她侮辱我們的人格，不然真的氣死人了！」

先生皺皺眉說：「理虧也，詞窮也！」只好忍氣吞聲。這樣，他們遭受了一頓辱罵，又無法申述理由，只能滿腹怨氣地、耷拉著腦袋灰頭土臉地回去了。

11 「四子」對

一個偌大的廟裡只住著一個和尚，有一位教書先生借這個地方，教一些學生。每天吃過晚飯後，和尚都會到先生書房裡來聊天。

日復一日，已經成了習慣，兩人都覺得自然恬靜。

初春的一天，和尚出去化緣。暖日融融，春風拂面，和尚覺得十分愜意。他來到山旁的小澗溝旁，溝上有座小橋，溝旁山花爛漫，溝裡的溪水愉快地流淌。溪邊一位年輕的村婦正在洗著綠油油的青菜，不遠的房屋上還冒著嫋嫋炊煙。小橋、流水，人家，還有美貌少婦，讓和尚看得呆了。眼見村婦就要把菜洗好，要回家去了，和尚戀戀不捨地說道：「籃裡是好菜，籃外是好花。我是已經出了家，要不然，一定討個嫂嫂去當家。」

村婦聽了，心裡怒道：「這個不正經的和尚，居然調戲我來了！」

她站起身來，回了和尚四句：「籃裡是好菜，籃外是好花。我生個兒子養不大，送到廟裡去出家！」說完，提著籃子回家去了。和尚調戲村婦，不僅沒討到彩頭，反而討了個沒趣，懊惱地連緣也不化了，悶悶不樂地轉身離去。

和尚回到廟裡，茶飯不思，倒頭便睡，到了晚上，也不去先生那裡聊天。先生久等和尚不來，以為和尚病了，就趕到他的住處看望。見和尚躺在床上，蒙頭睡著，問道：「師兄今天怎麼搞的，連我那裡也不去了？」

和尚唉聲嘆氣，不說一句話。先生再三詢問，和尚才將白天化緣所遇的事情，一五一十地向先生說了。先生聽了不覺哈哈大笑，說：「你真沒有出息，一個農家婦女就把你氣成這樣？快別生悶氣了，明天你帶我去，替你將今天受的委屈還回去。」

和尚經歷了今天的一幕，知道那婦女不容易對付，說：「算了。」

先生自恃學問通達，沒把村婦放在眼裡，說：「憑她一個尋常婦人，有什麼了不得，還能讓我沒趣？你不要嘔氣了，明天一定帶我去給你把這口氣爭回來。」

和尚說：「還是算了，免得無故又惹你晦氣。」

先生說：「明天你帶我去就是。到了那裡，不用你作聲，都由我對付她，好不好？」和尚只好

答應。

第二天吃過早飯，先生和尚穿戴整齊，一起來到昨天這位村婦家中。這位村婦正在做午飯，見昨天的和尚帶著一位文質彬彬的人來了，知道可能是為了昨天的事，心裡一陣緊張，只是表面上還在冷靜地應付。她立刻微笑著相迎，端來兩碗香茶，口稱：「二位稀客，請坐，喝茶。」

先生說：「不用客氣，聽說嫂嫂聰明得很，能對對子，我們今天特別來向妳請教。」

村婦說：「先生莫取笑了。我一個婦道人家，哪知道什麼對子！」

先生說：「不用謙虛，妳聽著，我這裡就先出了，妳可得對上啊！」

村婦羞赧地說：「那、那，我可不行呢！」

先生不容村婦討饒，坐在了飯桌邊的椅子上，腳踏上了一把掃地的掃帚，說：「我頭戴頂子（這位先生曾經中過秀才，所以還有頂子），身坐椅子，腳踏地子，嫂嫂，妳是我的妻子。」他一口氣說了四個「子」字。說完，得意洋洋地等待著看村婦的笑話。

村婦遲疑了一下，先生更是得意，和尚也露出了笑容。

先生說：「妳昨天那麼神氣，今天怎麼啦？」

村婦說：「先生，我實在不敢冒犯，你一再要我對，我只好對了，對得不好，請先生不要笑話——我在娘家是姑子，來到婆家是嫂子；先生是我兒子，和尚是我孫子。」

先生、和尚聽了，無言相辯，本以為了不起的先生，這時候竟覺得無地自容，立刻灰頭土臉地走了。和尚見狀，也跟著先生離開了村婦的家。

走在回程的路上，和尚說：「我說不來，而你卻一定要來。我昨天做了她的兒子，今天倒好，你做了她的兒子，我卻做了她的孫子——這真是自討沒趣！」先生聽了，啞巴似的無言。

12 賊偷師徒

潛手做了幾十年的賊偷，想想自己的經歷，良心發現，後悔不迭。做了這麼多年的賊，擔心受怕不說，如今五十多歲，不僅自己沒有發財，有時還弄得被偷的人生活緊迫，真正捫心有愧。要是用這些精力去做光明正大的事，現在的家境，說不定比做「賊業」還要強得多，真是這樣，自己在社會上的聲譽、地位也會比現在好。這也叫「幹一行，怨一行」，覺悟反省，君子之明，因此他決心不再做賊，改做良民了。

潛手老來得子，夫妻二人把孩子當作掌上明珠一樣，事事由著孩子的性子。每晚睡覺的時候，孩子手中必須抓一個銅搖鈴才能睡得安穩。這天晚上，小孩手中搖鈴突然掉了，便「哇」地一聲哭了起來。

妻子趕緊下床去撿搖鈴，剛下了床就上到床上來了。潛手說：「妳怎麼這麼快就撿到了？」

妻子說：「正好掉在鞋裡，我腳一伸就踏到了。」

潛手憑著自己的經驗說：「妳快起來，我家來賊了。這搖鈴分明是掉在地上，怎麼會在鞋裡呢？快給我找賊。」

妻子慌忙起床，點了燈盞，滿屋裡找起來，可是找遍了全屋，也沒見到賊的影子。妻子說：「你捏精捏怪（疑神疑鬼）的，哪來的賊啊？」

潛手說：「家裡妳都找遍了？那灶籠裡妳找了沒有？」

妻說：「我用火叉捅了，沒人。」

「水缸裡呢？」妻子說：「水缸裡是一缸水，只漂著一個葫蘆瓢。」

潛手說：「妳將那葫蘆瓢給揭開。」妻子揭開葫蘆瓢，裡面果然有一個人。

妻子說：「在這裡。」潛手聽了，立刻從床上起來，將水缸裡的人拽了出來，又叫妻子拿來乾衣服，對這人說：「你別害怕，把衣服換了。」

這人戰戰兢兢地愣著不動彈，潛手說；「叫你換衣，你怎麼不換？不用害怕，我本來也是幹你這一行的，換了衣服我有話要對你說。」這人哆哆嗦嗦地把衣服換了。

潛手叫妻子燒了兩份荷包蛋泡鍋巴，端上桌子後，又把這人拽到桌子邊坐下說：「我告訴你，今天你到我家來，算是同行相遇。我要和你談談心，你不要過慮。」說著，他陪著賊吃起來。

潛手說：「不瞞你說，我做這行營生（賊偷自謂行竊是做生意）已經幾十年了。現在上了年紀，想想這事不該幹，已經收心不再做了。」

這個被抓的賊，年紀不足三十，是大吳村的吳志，聽了潛手的話說：「我還只是做頭一回，笨手笨腳，所以被您抓住了。」

潛手說：「就是行家裡手，又能怎麼樣呢？偷一輩子，受一輩子驚嚇！你想，『常在河邊走，哪能不溼（失）腳』？偷人一輩子，自己一輩子提心吊膽，勞神費力不算，家裡日子總是緊巴巴的。因為，不是到了生活很吃緊的時候，誰都不想去做賊；偷來的東西，只要能應付幾天，又不想去冒險。所以做這事的，日子沒有不緊巴的。比起那些老實的農民，要論精明，我可比他們強多了；而他們的日子卻比我過得舒暢，你說這賊能做嗎？我想了很久，才決心洗手不幹了。」

潛手說到這裡，見吳志愣頭愣腦，一言不發。接著說：「你還是長點志氣，找點光明正大的事做較好。你如果不死心，我還陪你再做一回，讓你看看我的手法。說老實話，像我這樣的本事，不是我有意稱大，做你的師父綽綽有餘。現在我都收心不幹了，你也應該改行才是。」

吳志聽了，連忙點頭說：「是，是。」

潛手說：「你現在回去，在家裡靜聽我給你捎去的話，我還要和你同做一回，讓你心服口服。」

吳志說：「只要您老人家不嫌棄，我情願拜您為師，聽從您老人家的安排和指教。」說罷，告辭而去。

秋後的一天，吳志得到了師父潛手的口信：「今晚合夥去做生意。」

原來，潛手打聽到離家五里的後楊村財主楊永孝的老媽死了，連著做了七七四十九天的喪醮。今天，醮事完畢，和尚、道士都散去了，全家人是第一個安靜的休息夜。潛手和吳志在接近二更時候，將楊家屋牆東南西北各挖了個水牛都能夠進出的大洞。楊家人因為連續多日的辛苦，潛手、吳志忙得乒乓作響，也沒有驚醒他們。

潛手對吳志說：「你進去搬東西，我在外面接應，膽大一點，今晚他家裡人都像睡死了一樣。」就這樣，吳志在裡面搬，潛手在外面運，細軟搬完，就搬家具，最後連桌子、板凳也全搬完了，楊家還是沒有人知道。

潛手見屋裡幾乎沒有東西可以搬了，就將牆上的大洞都堵了起來，然後在外面大嚷：「快點醒來，你家東西全被偷光了！」楊家人被驚醒了，起來抓賊。吳志因為沒有了潛逃的洞，活生生地被

楊家人抓了起來。

潛手見抓了吳志，趕緊將楊家門口的草堆點著了，接著又大嚷起來：「不得了啦，你家失火啦！」楊家人急急忙忙將吳志裝進布袋，吊在老太公臥室的門框上，全家人都趕出來救火。潛手趁此機會到屋內將吳志放了出來，兩人又合夥把楊家年老在床不能動彈的八十歲老太公，裝進布袋裡吊了起來。他倆出來後，潛手說：「先別急著走，看看他家怎樣處置那布袋裡的人。」

楊家的人救火回來，楊永孝和他的兒子們，各拿起一根扁擔，氣勢洶洶地來打吊著的人。楊永孝一邊打，一邊氣憤地說：「刁滑大膽的賊偷，偷了我家，還來放火！」說著，扁擔掄得飄雪花似的打起來。

口袋裡被打的人聲嘶力竭地喊道：「不能打，我是你爹呀！」

楊永孝的兒子說：「這個混蛋，現在還敢稱大，打死你這賊東西！」父子們毫不留情地痛打著。不一會兒，口袋裡的人沒有了聲音。父子們猜想已經打得差不多了，這才住了手。他們將布袋解下來一看，哪裡是賊，真的是自己家的老太公，差一點被打死。

潛手面對偷來的東西，說：「今天東西得了不少，任你要，你不要的，就放在這裡，明天再讓楊家搬回去。今天你看到我的手法了嗎？像我這樣，都決心改弦更張，不再做這事了，何況你呢？

你看，他們把自己家的老太公打了個半死，如果我不把你放出來，你還有活命嗎？所以我說，你應該長點志氣，去做光明正大的事，別再做這賊偷了。」

吳志聽了，由衷地說：「師父說得有理，我吳志今天也分文不取。今後一定要按師父的教導，做有志氣的人，做光明正大的事，再也不做賊偷了！」

從此以後，吳志做起了誠實的農民。由於他辛勤的勞動，沒過多久，家裡的日子過得比做賊偷時更加富足、舒暢。

13

長鼻子夫人

一、懷妒情，分家暗害弟

上劉村的劉伯、劉仲兄弟，結婚不久，就計畫分開獨住。分家的時候，劉伯的老婆黃氏自以為是長房，要求多分得一份財產。三親六眷商議後，認為劉伯雖是長房，可是兄弟倆年齡僅相差一歲，老大對家庭貢獻並不比老二多，因此，黃氏的提議被否決了。然而，她卻憤憤不平，決心報復弟弟，要使弟弟分開後沒有好日子過，以解心頭之氣，就暗中把分給劉仲的玉米種子放在鍋裡炒熟了。每炒一鍋，都用鼻子聞聞，直到聞著有香氣，才換另一鍋再炒。在炒的時候，僅有一粒種子掉到了鍋臺上，沒有炒到。

劉仲做夢也沒想到，嫂嫂會做這種缺德的事，他將這些種子種了三畝地，只長出了一棵苗。儘管如此，他只以為是自己運氣不好，根本沒想是嫂嫂有意所為。劉仲對這一棵獨苗認真管理，除草、施肥、抓蟲、澆水，一如滿田的莊稼一樣，從不鬆懈。因此，這棵玉米苗長得格外茁壯。到了秋天，結了一根牛角似的碩大玉米棒。為了這根人見人愛的玉米棒免遭夭折，能夠收穫，劉仲在玉米苗旁窩（建築）了個小棚，在棚裡搭了個床鋪，日夜在苗旁看守。

秋天的一個下弦月的子夜，睡在小棚裡的劉仲，在一貫的寂寞中，恍惚聽到人的嘈雜聲，想起來看看，身子卻不能動彈。他聽見一個人在說：「這萬禾田中一棵苗，就是我們相聚的地方。今天我們在此相聚，一定要痛飲方休。」

還有眾多的人在歡呼雀躍地說：「喝呀，樂呀，縱情放歌，一醉方休！」

又聽到有人說：「來、來、來，桌子板凳一起來；來、來、來，好酒好菜擺上來！」

頃刻間，碗碰杯響，猜拳行令，鬧哄哄一片。一個時辰過後，許多人放喉狂歌，還有的人說起語無倫次的話來，劉仲知道，這些人當中，已經有不少人酒喝多了。他想起身來看看，可是怎麼也起不了床。

大約又過了一個時辰，聽到一個人說：「紫微星就要出來了，我們也該回去了。」接著唸道：

「今夜風清月光昏，我等相聚有原因；萬禾田中一棵苗，虧了勤奮種田人。忠厚誠實終有益，欺人自欺最分明。今宵乘風遊天地，體察人間良莠情！」

劉仲聽了這首詩，只明白「萬禾田中一棵苗」大約是說自己這三畝田中的一棵玉米苗，其他就不知所云了。這人說罷，許多人一陣歡呼，而後，竟然又是萬籟俱寂。

劉仲本來是清醒的，生怕這些人損害了他的玉米苗，可是，想動而不能動彈，到了這時，竟然行動自如。他從床上躍了起來，趁著月光，來到玉米苗下。幸好，玉米苗無恙，只是地上似有許多人踐踏過的痕跡。他用眼光掃視著地上，發現月光下，有個東西在閃光。他撿起來一看，是一塊三寸來長，一寸來寬的銅片。劉仲見這銅片熠熠生光，就把它拿著，回到小棚裡來。

他把這銅片拿在手裡翻來覆去地把玩夠了，正欲揣進懷裡。忽然想起，剛才那一夥人中，曾經有人說過「來、來、來」的話，覺得好奇，自己也仿效著說：「來、來、來，好酒好菜擺上來。」果然，熱騰騰的美味佳餚真的擺到了劉仲床前。

劉仲十分驚喜，又說：「來、來、來，金盅銀筷擺上來。」立刻，金燦燦的酒盅、銀閃閃的筷子齊刷刷地擺在了菜餚旁。劉仲想，這銅片難道是要啥有啥的寶貝？於是，又試著說：「來、來、來，金銀元寶一起來。」話音剛落，只聽得「咕嚕嚕」的聲響，金元寶、銀元寶都向小棚裡滾了進來，越滾越多，就像蘿蔔一樣，擺了一大片。

劉仲覺得神奇，說了聲：「好了。」一個「了」字才出口，金銀元寶就停住不進來了。劉仲趕緊把這銅片藏在身上，回到家裡，叫來妻子，拿著籮筐，將地上的元寶、菜餚旁的金盂銀筷抬了回去；又從家裡拿來碗筷，在小窩棚裡，夫妻倆吃了個痛快，剩下的又搬回了家。

劉仲用在小棚裡得到的金銀元寶，買了田地，蓋了樓房，還添置了上等的家具，在當地成了首屈一指的富戶。哥哥劉伯靠種田的收入，日子過得緊巴巴。黃氏對劉仲的暴富很羨慕，弄不清是怎麼回事，就叫丈夫劉伯去問問弟弟是如何這麼快就富裕起來的。

劉仲本來生性耿直，又是哥哥的問話，就將那天夜裡看守玉米的奇遇，以及得到了許多金銀財寶的事情，如實地告訴了哥哥。還將他聽到那個人唸的詩句中「萬禾田中一棵苗」的那一句，也講給哥哥聽了。

劉仲以為這是遇到了神仙，而三畝地才有一棵獨苗，就是招徠神仙的寶貝。他回來將這些情況一五一十地講給黃氏聽了，黃氏也要丈夫像弟弟那樣，在三畝田地中，種出一棵獨苗玉米。

二、仿效弟，弄巧反成拙

劉仲三畝田地裡一棵苗，是遭嫂嫂暗害，實在是萬不得已的事，而劉伯夫婦現在卻有意種出了三畝田地裡一棵苗來。劉伯也認真侍弄，使這棵玉米苗也長得異常茁壯，到了秋天也結了一根牛角似的玉米棒。他也在玉米苗下建了小棚，在棚裡搭了床鋪，每天到棚裡來睡，希望也像劉仲一樣能有奇遇。

黃氏是一個急著想發財的人，生怕劉伯一個人在棚裡睡覺大意，神仙來了不知道，將寶貝讓別人撿走了。於是，她每天也與劉伯一起到棚裡看守。

也是一個下弦月的子夜，劉伯夫妻迷迷糊糊地聽見有許多人的嘈雜聲，嘰嘰喳喳講著話往自己的棚邊來。黃氏想，天天盼神仙，今天神仙真的來了。

當這些人來到玉米苗旁邊時，其中一個人說：「這個人真不知足，去年種了棵獨苗，引得我們前來相聚，給了他一塊寶牌；今年又種獨苗，他還想要我們什麼呢？」

另一個人說：「此人非去年那個人！這個女人心地不良；心地不良，就要叫她醜名遠揚。」

又有一個人說：「她的鼻子嗅著玉米種子，使良種變成了熟米。今天讓她的鼻子長了短，短了長……」說著，走到劉伯夫婦床前，用手捏著黃氏的鼻子，往下一拉。黃氏只覺得遍身骨酥筋麻，脊樑也嗖地一響。可是，他夫妻倆雖然清楚明白，卻既不能出聲，也不得動彈，只聽到這些人有說有笑地走了。

劉伯夫婦睡在床上，直到天亮了，才覺得清醒一些。黃氏掙扎著起來，發現自己的鼻子竟和身體一樣長！

劉伯用手去按了按，問她什麼感覺，她說既不痛也不癢，只是拖在地上走不了路。每走一步，鼻子必須拖一下；用手抱著，又抱不動。一個早上，走走拖拖，也沒走出這三畝田的邊界。

劉伯無助地急忙去找弟弟劉仲商量。劉仲來到劉伯的田裡，見黃氏的樣子也束手無策。他倆找了副擔架把黃氏抬了回家，劉仲囑咐她不要出門，也不要亂求別人。他自己回來，關起了房門，拿出銅片說：「寶貝寶貝，自從你給了我那些金銀財寶，我也心滿意足了，再也不敢麻煩你為我效勞。今天我嫂嫂鼻子被拉了出來，縮不回去。我們誰也沒有辦法，只好向你求救了。」說完，銅片上立刻出現了一張白紙。

劉仲將白紙拿到亮處，見上面寫著：「黃氏嫉妒心眼小，害得劉仲種獨苗。看見劉仲發了財，跟著後面來仿效。鼻子拖出要還原，站在高臺叫人瞧。公開自己害人事，痛心悔改要記牢！要她兒子說長短，兼用水洗才有效。」

劉仲將這白紙拿到劉伯那裡，劉伯夫婦見了心疚面赧。為了讓黃氏鼻子能夠還原，只好按照白紙上說的去辦。

三、無奈何，向眾示己醜

劉仲與哥哥劉伯搭了座高臺，遍告四鄉八鄰。鄉親們聽說有這種奇事，誰不來觀看？那一天，臺下黑壓壓的人群，看著站在臺中間的黃氏，那長鼻子拄到腳尖。她五歲的兒子站在一旁，劉伯拿一條毛巾在臉盆裡沾水給黃氏洗鼻子。面對著廣大的觀眾，為了使鼻子能夠復原，黃氏只好拖著長鼻子，齉聲齉氣地說：「我黃氏心胸狹窄，分家時生怕弟弟勝過了我們，把分給他的玉米種子偷偷炒熟了，想害他沒有收成。我心地不良，該受懲罰！」

臺下的人聽了，指指點點，唏噓唾罵，劉仲在一旁教五歲的孩子說：「你說，媽媽鼻子短。」五歲的孩子哪裡見過這麼大的場面，哆哆嗦嗦地說：「媽媽，鼻子短、短、短……」那長鼻子縮、縮、縮，一直縮進了臉裡頭。鼻子處僅剩了個空洞。哎呀！多麼難看。

劉仲又教這孩子喊：「媽媽鼻子長。」那孩子又哆哆嗦嗦地說：「媽媽，鼻子，長、長、長……」黃氏那已經縮進去的鼻子又長了出來，隨著孩子喊長、長、長的聲音，呼啦啦，那鼻子直拖到臺底下，比原來長更多了。原來那個樣子，她還能勉強走路，現在簡直就下不了臺啦！

眾人看了大笑起來，黃氏急得跺著腳大罵這孩子。劉伯只顧忙著幫黃氏洗鼻子，可是，這長鼻子任憑劉伯如何搓洗，硬是縮不回去。孩子任憑黃氏如何斥責，看著這種場景，愣愣地不敢吱聲。

如此僵持了個把時辰，黃氏已經難受得站立不穩了，黃氏沒辦法，只好將剛上臺時說的內容，向著眾人又說了一遍：「我黃氏妒忌心眼小，害得弟弟種獨苗。從今一定要改過，誠實做人不使壞。」劉仲和劉伯，再三耐心地哄著孩子，叫他不要慌張。

劉仲對小孩說：「你莫慌，我說一個字，你就跟著說一個字。」這樣，又經歷了一個時辰，才將黃氏的鼻子復原。

從此，人們都叫黃氏為「長鼻子夫人」。再後來，「長鼻子夫人」一詞成了心胸狹窄、無辜妒忌別人的代名詞。

14 道貌岸然內裡醜

據傳，魯迅先生與朋友相聚時，喜歡講故事。而且都是民間傳說，無書可查。

有一回，他說，某地有位高僧，潔身苦行，德高望重，遠近幾百里的人都仰慕他。哪知高僧臨終時，命懸一線，卻苦苦掙扎，遲遲不肯離去。原來高僧內心悲苦：因為一生沒近女色，抱憾沒見過女人的生命門。弟子們於心不忍，決定出錢叫個小姐，讓他見識見識。等到小姐脫了褲子，高僧見了，悵然若失：「哎，原來是和尼姑的一樣啊！」這位高僧，所謂「沒近女色」，原來竟是假的。

世上事情五花八門，無奇不有。許多道貌岸然者，若揭開他們的偽裝，實在是齷齪不堪。

前清時候，有趙、錢、孫三位舉子上京趕考。

一日，他們走到長江南岸的銅山寺旁，天色已晚，就進入寺內，向住持正清長老借宿。趙舉子說：「參見長老，我三人上京趕考，路經寶剎，欲借宿一晚，明天一早即行趕路，萬望長老方便為懷！」

住持見是三位溫文爾雅的書生，回話道：「三位施主，年輕飽學，又胸懷大志，今日屈身小寺，實屬榮幸。」於是，當晚在禪房內打個地鋪，讓他們歇了下來。

第二天早晨，吃過飯之後，三位舉子與正清住持告別，匆匆趕路。及近巳時，三人來到路旁的茶館歇息喝茶。當放下行李時，孫舉子見錢舉子行李包上有根稻草，說：「哎呀，你怎麼將廟裡的稻草帶來了？聖人說『潔身自好，君子之道』，稻草雖小，卻是廟裡財產，我們哪能隨便帶走。銅山寺住持待我們禮儀周到，我們應當以禮相待，給他送回去才是。」

「是呀，」趙舉子也說：「君子愛財，取之有道，我們應該送回去才是。」

孫舉子接著附和說：「君子行得穩，走得正，不惹別人草一寸。」於是，他們又返回銅山寺來。

銅山寺正清住持見這三位舉子又返回來，不知何故，急忙迎出來說：「三位施主，趕考要緊，為何返回？」

孫舉子說：「學生粗心大意，臨走時，帶走了寶剎稻草一根。聖人教導，『不貪無義之財。』學生們商議，稻草雖小，卻是寶剎財產，不敢以小事而失大義，因此特將稻草送還住持。」說著，雙手將行李上的稻草恭恭敬敬地遞給了正清。

住持見狀，深受感動，說：「你們三人，真乃聖人教導之賢士。賢士此舉，令老納至欽至佩！」

說完，熱情邀三位舉子禪房喝茶。

三舉子略坐一會兒，欲起身告辭，住持又熱情地說：「賢士務必賞情，在小廟用過午齋。」說著，一桌素酒擺了上來。所謂「素酒」，就是寺廟為招待施主而特備的具有一定規格的素餚和水酒。在招待施主時，和尚們只吃菜餚，不喝水酒，而施主們既吃菜餚又喝水酒。這三位舉子吃飽喝足後，住持的熱情仍然不減，執意帶他們觀看廟裡的景致。

銅山寺有一座古鐘，純金鑄就，重二十斤，相傳是南朝陳霸先遊銅山寺時鑄成的紀念品，是無價之寶，也是銅山寺鎮寺之物。古鐘深藏在後禪房裡，特別派了穩重的和尚專門看守，一般人無緣見得。今天住持敬重三位舉子，心情十分高興，就破例地將他們帶到後禪房，觀瞻古鐘。

住持炫耀地說：「這是南朝的古董，稀世之寶，今天請你們觀看，也是老納破例之為，略表對三位賢士景仰之情。」

趙舉子說：「我等無故打擾，已是過意不去；現在又無功受祿，心中不安呀！」

住持說：「三位賢士，無需過慮。你們都是德馨飽學之士，此番進京，必定金榜高中。衣錦還鄉之時，小廟還望賢士抬舉。若能施捨一些香火費用，則是小廟之大幸了！」

三位舉子聽了，相視而笑，心裡說：「原來住持『醉翁之意不在酒』，我們還沒去考，就指望來『抬舉』他的香火費了。」

為了不使住持掃興，錢舉子說：「承蒙住持錯愛，我們之中無論誰高中，都一定來寶剎報答主持的厚意。」

住持雙手合十說：「善哉，善哉！」

遊過廟景之後，已是後半晌，住持又熱情地留宿。三個舉子見今天已經走不了多少路了，便在昨天晚上睡的禪房裡又打好地鋪，睡在這裡。

這天晚上，三個舉子睡在鋪上，輾轉反側，怎麼也睡不著了。趙舉子說：「真想不到，小小的銅山寺裡還有這麼寶貴的金鐘！」

錢舉子說：「這金鐘少說也要值十萬兩銀子。」

孫舉子說：「何止，不要說是金的，就是銅的，這麼古老，也要值十幾萬銀子呢！」

趙舉子說：「我們這次去趕考，還不知道是什麼結果。就算都考中了，只能做個小官，現在做官多在候補，說不定要候補一輩子。這個趕考有什麼意思呢？」

錢舉子說：「我們千辛萬苦去趕考，不就是為了能有個功名，有個好前程，好賺幾兩銀子嗎？

如果有了銀子，還去趕什麼考？」

孫舉子說：「要說銀子，眼前現成的在這裡，就怕我們不敢要。」

錢舉子說：「什麼敢要不敢要，只要有，我們就敢要！」於是，他們決定不去趕考了，三人計畫著要把銅山寺的金鐘偷走。

當夜三更過後，三個舉子摸索著來到後禪房裡。那守金鐘的和尚，因為多年來從沒出過紕漏，到了夜裡，就放心地睡覺了。

三個舉子到了那裡，趙、錢二位在外面把風，孫舉子進去抱出了金鐘。他們得到了金鐘後，就迅速離開了銅山寺。

第二天早晨，看守金鐘的和尚慌慌張張地跑到住持面前報告說：「金鐘不見了！」住持聽了，大吃一驚，連忙到後禪房一看，果然沒有了金鐘。又急忙趕到舉子們的住處，早已沒了人影。他對廟裡的和尚們說：「你們好生守廟，我去追回金鐘。」說著，急急忙忙地向三個舉子昨天來的路追去。

一貫養尊處優、泰然自若的正清住持，這時卻急得像尾巴上著了火的黃鼠狼，在大路上一溜煙似的跑著，逢人就問，有沒有見到三個一起行路的年輕人。被問的人都一一搖頭。可憐的住持，一口氣追了三十多里，也沒見著這三個人影。看來，這鐘丟失已經成了定局。

正清住持覺得腹中「咕嚕咕嚕」地叫，想到自己從清晨到現在還沒有進食，就來到路邊小吃店裡買了碗麵充飢。吃過以後，他還不死心，又繼續追趕。再行了二十多里，仍不見他們的影子。正清住持自覺繼續追趕徒勞無益，看看太陽已傍西山，只好轉身回廟。

黃昏的時候，他來到牌坊村口，牌坊頂上的「貞節坊」三個大字，迎著太陽的餘暉格外耀眼。住持想，我今天為了追金鐘，跑得太辛苦了，要是能在這個講究「貞節」的村莊裡借宿一夜也很好。他這樣想著，便向村裡走來。

牌坊村是扼守南到徽州，北至南京的路口，一年到頭，南來北往的客人，絡繹不絕。那些在城裡落魄的妓女，便在這裡聚集起來。當住持來到村口時，六、七個妓女立刻向他圍過來，妳拖她拽，把住持當成了嫖客。正清住持哪裡見過這樣的場面，慌了手腳，費了九牛二虎之力才總算掙脫了糾纏。經過這一折騰，他不敢再在別的地方過夜，只好摸黑往廟裡趕來。

銅山寺的和尚們知道住持去追趕盜賊，今天恐怕是回不來了，竟然無法無天起來。下午，廟裡來了一隻野狗，他們便宰殺了這隻野狗，放在大鍋裡煮熟了，還將廟裡招待施主香客們用的白酒搬了出來，每人盡情享用。

正當他們吃著狗肉、喝著白酒的時候，奔波了一天，累得精疲力竭的正清住持趕了回來。他看了廟裡一片狼藉，弟子們爛醉如泥的樣子，想到他今天所遇的事，似乎明白了當今的世情與道理，長嘆了一聲，自嘲自諷地唸出一首詩來：

「寸草不沾盜金鐘，貞節坊下賣風流；持齋把素吃狗肉，道貌岸然內裡醜！」

15 知家

佘登雲是遠近聞名的「千田子」。他雖然有良田千畝，家財萬貫，可是這些財產都是他自己苦作苦熬、小心謹慎地放債收利而來的，因此對每一分錢財都非常珍惜。他中年得子，家業有了繼承人，心裡非常高興。同時，他又想到「賺錢容易，守錢難」，為了讓兒子能知道自己創業的艱辛，給兒子取了個叫「知家」的名字，意思是要他知道家中的產業來得不容易。

佘登雲對兒子的教養時時處處從節約、「合算」著手。父子倆在一起喝酒，小斟慢飲。一開始知家不肯喝，說：「這酒不好喝，又苦又辣，還浪費錢，喝它做什麼？」

佘登雲說：「你小子懂個啥？喝酒為的是擺闊，做樣子給人看的，不然誰知道我們有錢呢？」

他們喝酒，擺幾樣好菜，其中有魚、有肉、有黃豆。佘登雲每喝一口酒，用筷子夾一粒黃豆，咬半粒，

留半粒待下一口再吃。知家喝了一口酒夾了一粒黃豆吃了，佘登雲一個巴掌打在他的嘴上，說：「像你這樣，哪有這麼多菜給你吃？」

飯桌上那些擺著的菜，佘登雲對知家說，這都是看的，不要吃。

有一回家裡來了客人，與他父子一起吃飯。佘登雲客氣，一直叫客人吃肉，客人夾了一塊肉，放進嘴裡，正準備嚼。知家著急了，說：「阿爸，不得了啦，他把我們看的肉吃了。」弄得客人嚼也不是，吐也不是。佘登雲將拿筷子的手揮了揮，笑了笑說：「吃吧，吃吧，小孩子莫要吵！」客人這才臉紅地將到嘴的肉嚥了下去。

知家果然非常「知家」。他家一頭母牛租給佃戶耕田，並且由佃戶牧養。有一天，佃戶對佘登雲說：「東家，㸺牛（母牛）昨天晚上下了（產生）小牛啦！」

知家聽了，急忙問：「下了幾頭？」

佃戶笑了笑說：「少東家真會開玩笑，哪有牛能下幾頭的事呢?只下了一頭。」

知家說：「我家的狗一次下了四隻，隔壁五哥家母豬一次下了二十隻，我們家這麼大的牛一次只下一頭，怎麼說也沒有人相信啊!肯定是你把我家小牛藏起來了，想留著自己要。」

佃戶望著佘登雲，沒辦法爭辯。佘登雲說：「知家說得也是，要是真能多下幾頭才好呢！」

佃戶說：「我還從來沒聽說過呢！」

知家說：「把我家小牛給藏起來了，當然沒有聽說過！」佘登雲和佃戶相視而笑，知家卻一本正經。

佘登雲說：「我的小知家還真知家，曉得家裡的東西是好！」

有一天清早，知家先起床開了門。佘登雲在床上問他：「知家呀，今天是什麼天？」

知家看了看天回答說：「花天。」

佘登雲又問：「颳的是什麼風？」意思是問東、南、西、北什麼風，知家看見門口幾棵柳樹被風颳得垂了枝，說：「趴風。」

佘登雲說：「我的兒子真聰明，話不明講，要人去猜。」

知家到村前看人捉戲水（下雨時魚逆水嬉戲）魚。由於水急，沖走了捉魚人的撈魚兜。捉魚的人順水去摸，很久沒摸到，知家指手畫腳地說：「你真笨，為什麼不到上水去找？戲水魚都跑到上水來了，為什麼魚兜就不跑到上水來呢？」

捉魚的人知道知家是白癡，沒有理會他。知家卻氣呼呼地回家告訴佘登雲，佘登雲說：「孩子，他不聽你的話，是糊塗蛋，找不到算他倒楣。」

佘登雲以財生財，財勢越來越大，竟然驚動了皇上。皇上見他叫「佘登雲」，心想，你「蛇」登了雲，不就成龍了嗎？怕他真的成了「龍」後，奪了自己的江山，就賜了他一個「御名」，叫做「佘消風」。本來，世人懼怕佘登雲的財勢，對他的田租、放債的利息，不敢拖欠。自從皇上的御名賜封出來後，人們知道了皇上的用意，繳納田租、利息總是拖拖拉拉，有的還藉故不繳，因此，佘登雲的財勢從那時候起，就漸漸沒落，最後佘登雲果然成了「佘消風」。他死後，家財已近蕭條。沒過幾年，知家也中年而逝，所剩一些零星家產被房下瓜分，佘登雲——佘消風這一戶，在當地真的「消」失了。

16

田雞奇遇記

一、做了馮老三的女婿

乳名叫田雞（田雞又稱蛙、水雞、坐魚，包括普通青蛙、牛蛙等）的這個人，從小便失去了父母，成了孤兒。他八歲那年去給馮老三放牛，不幸染上了滿頭的瘌痢。從此，田雞的名字被取代了，「小瘌痢」成了他的名字。

小瘌痢一年四季只穿一件棉襖，除此無一件衣裳，而且「日當襴裳夜當被」，晚上也用這棉襖既墊又蓋。每當天氣晴朗，他的棉襖就乾爽得很，穿在身上也還舒適；每當天要轉陰，棉襖就潮溼起來；要是快下大雨了，棉襖潮得似乎就要滴水。因此，天是晴是雨，他只要看看棉襖就會知道。

馮老三家有很多水田，除了雇傭小瘌痢放牛以外，還請了兩個長工。每到六月，禾苗旺盛時，老天常常久晴不下雨，田地乾得開裂。長工們用水車引水，也難緩解旱災，有時辛辛苦苦地澆滿了水，卻逢一場暴雨，使辛勤的汗水付諸東流。這一切，小瘌痢看多了，也留起心來。

一天，小瘌痢的棉襖又變得溼漉漉的。他對長工們說：「今天要下雨，你們不要車水啦！」長工們哪裡把小瘌痢的話當回事，照樣去車他們的水。結果，他們的勞動不僅白費，還都淋得像落湯雞一樣。自此以後，每當要車水去，長工們都要先去問一問小瘌痢。小瘌痢告訴他們的是晴、是陰，基本上都是準確的。因此，馮老三家長工們為抗旱省了許多工夫。

人們問小瘌痢：「這天晴、下雨你怎麼會知道呢？」

小瘌痢故弄玄虛地說：「算的。」

人們不信，說：「你能算？」

小瘌痢說：「不信嗎？別看今天陰雨綿綿，明天就是晴天了。」果然，第二天，風和日麗，豔陽高照。

馮老三家裡的母豬養了一窩小豬，都長得滾瓜溜圓，惹人喜愛。這一天，母豬、小豬全不見了。全家人四處尋找，可是就是找不到。馮老三忽然想到小瘌痢，就找來他算算：「你能不能算一算我的母豬和小豬跑到哪裡去了？」

小癩痢想了想，他們找了好長時間，一定找了許多地方了，這豬會跑到哪裡去呢？前些天，村上挖了幾個新地窖，都還沒有啟用，會不會掉進去了呢？於是，小癩痢說：「豬下窖了，快去找吧！」

馮老三果然在一個新砌的地窖裡，將母豬、小豬都找到了。從此，馮老三還真以為小癩痢能掐會算。

馮老三有一個與小癩痢年齡相仿的女兒。他想，這小癩痢既然會算，就是通神了，今後一定會有發達的時候，就沒講任何條件，招小癩痢做了女婿。

二、馮老三揭皇榜

小癩痢結婚後不久，馮老三就在村外給小夫妻蓋了兩間草房，讓他倆單門獨戶地生活了。

一天上午，馮老三從鎮上回來，後面跟了兩位手持齊眉棍的公差。見了小癩痢，馮老三喜滋滋地說：「賢婿（他還沒有這麼文雅過），我給你找了一份好差事。」說著，展開手中的黃紙說：「這是皇榜，皇帝不見了玉璽，出了榜文，請人去尋找。誰要是能找到了，高官任做，駿馬任騎，說不定還能招為駙馬呢！我知道你會算，就幫你把皇榜揭了回來。你看，這兩位是守衛皇榜的御林軍。」

說著，用手指了指站在一旁的兩位公差。

小瘌痢聽了，心想，這可糟了，如今糊裡糊塗揭了皇榜，要是不接受，就是殺頭的欺君之罪！接受了，到時候要是算不出來，也是欺君的殺頭之罪！岳父呀，你今天算是送了小婿的性命了！可是面對著在場的御林軍，不容他多想，於是抱定拖一時算一時的想法，勉強振奮精神，面帶微笑，裝作一本正經的樣子說：「兩位高差，請先回京，本先生既揭了皇榜，即日就進京面君聽命。」兩位御林軍討了回話，問清了地址、姓名，便回京城復命去了。

皇上聽說有人知道玉璽的下落，非常高興，立刻派太監張三和李四抬著轎子來接小瘌痢。張三、李四來到小瘌痢家裡，小瘌痢叫老婆做了點心給他們吃。臨走時，小瘌痢支開張三、李四，對老婆說：「我們夫妻一場，恩深如海。今天相別，是妳父親糊塗所為，我到京城是死是活，還不得而知。這趟差事，實在無可奈何。我走了以後，大約一個時辰，妳將我們現在住的房子放火燒掉。妳這樣做了，就是對我最好的恩愛。我要是能夠發達，一定牢記妳的恩德。記住我的話，千萬不能誤事！」妻子聽完，含淚點頭答應了。

小瘌痢說完，坐上轎子，往京城而去。

大約走了一個時辰，小瘌痢在轎子裡說：「回轎——我家失火了！」

李四說：「先生，你怎麼知道失火了呢？剛才我們來時還好好的。」

小瘌痢鄭重其事地說：「看你們說的！本先生連這點事情都不知道，還去算什麼玉璽的下落，趕快回轎！」張三、李四只好半信半疑地將小瘌痢抬了回來。

來到小瘌痢的家，原來的房子只剩了一堆灰燼，連老婆也不見了。小瘌痢下轎繞屋基轉了一圈，好像下了很大的決心說：「國事為先，家事暫且放在一邊。走，上京城！」於是，又上了轎子，讓張三、李四抬著再走。

走著走著，李四開口說話了：「這位先生，你這麼會算，肯定知道玉璽是誰偷的。」

張三說：「先生算給我們聽聽，是誰偷了玉璽呢？」他們你問過來，他問過去，小瘌痢總不理會。這二人急著一定要問明白，小瘌痢很不耐煩地說：「你們急什麼，見了皇上，我自然會說——偷玉璽的，不是張三，就是李四……」

話還沒有說完，兩人慌忙放下轎子，趴在地上磕頭如搗蒜起來，說：「先生，請您饒命，我們就是張三和李四，確實是我們偷了玉璽！先生料事如神，求先生饒命啊！」

小瘌痢聽了，心中竊喜，這隨口的一句話，居然弄清了偷玉璽的竊賊，真是萬幸。為了弄清玉璽的下落，他問道：「想要活命，就趕快將怎樣偷得玉璽，現在藏在何處，給我說說清楚。」

張三說：「那一天是我當值，看見玉璽放在龍案上，出於好奇，拿出來玩。正好李四來換班，看見了，說這是殺頭的事，要我趕快送進去。可是，那時寢宮的門已經關了。我們害怕極了，就將玉璽用布包著，丟進御花園的水井裡去了。」

小癩痢聽了說：「只要你們說的是實話，在御花園水井裡找到了玉璽，我就饒恕你們；要是在那裡找不到玉璽，可別怪本先生不講情面了！」

張三、李四又磕起頭來，說：「在水井裡肯定能找得到玉璽，我們如果說了假話，甘擔罪責！」

小癩痢說：「既然如此，你們快點趕路，我只要找到了玉璽，就不再牽連你們。」

張三、李四抬著小癩痢，一路小心伺候，往京城而來。

三、極不情願地被招為駙馬

到了京城，休息兩天，皇上下旨，請先生算玉璽的下落。小癩痢告訴宣旨的大臣說：「這等機密大事，我要親自面見皇上。」原來，如果直接按旨交差，就要動用文書，動用文書，就要動筆寫字，可是小癩痢連一個字也不認識，只有親自見了皇上，才能既稱了先生，又不露不識字的馬腳。當時，皇上即刻召見了小癩痢，問及玉璽的下落。小癩痢回稟說：「據小民測算，玉璽為狸妖所竊，幸虧皇宮守護神守護得極嚴，玉璽還沒有移出皇家園地，被藏於御花園的水井中。」

皇上詢問如何取出來。小瘌痢說：「找七條全黑公狗，在井旁宰殺。將狗血潑遍井沿，用七七四十九部銅質水車，同時汲車。水乾以後，玉璽就取出來了。」皇上按照小瘌痢的意見下旨照辦，果然取出了玉璽。

找回玉璽以後，皇上就認為遇到了神仙。儘管小瘌痢一再申明，自己已經有了結髮妻子，皇上還是堅持下旨招神算先生為駙馬。

公主接旨後，十分不情願，心說：「我是皇帝的女兒，應當配一個才貌雙全的如意郎君，不料父皇卻弄了個頭上沒毛、面目醜陋的所謂「神算先生」來，要我嫁給這樣的人，實不甘心。可是，父皇之命難以違抗，今天我倒要試他一試，看他神算的本領是真是假。如果真是神算，嫁了他，也不屈了我這金枝玉葉之體；如果神算是假，我就立即報告父皇，治他的欺君之罪！」

小瘌痢極不情願地被招了駙馬，皇帝家辦喜事的排場自不必說。當他步入公主的新房時，公主拿出一個精製的盒子來，對小瘌痢說：「你先別高興做了駙馬，先算一算這盒子裡面是什麼東西吧！」

小瘌痢心想，我本是命苦的人，皇帝家的洪福哪裡是我享受的？今天，我的小命就要斷送在這裡了，想到此，就心裡暗暗唸叨起來：「天晴下雨我有『雨衣』，找到玉璽全虧我的賢妻。這盒子裡，必定裝的是我的鬼魂——可憐的……」他說出聲了：「小田雞！」

公主聽了，立刻喜笑顏開地說：「神算先生，果然名不虛傳！」說著，打開盒子，放走了小田雞。

四、自圓其說保性命

小瘌痢與公主新婚燕爾，甜甜蜜蜜，感情與日俱增。

一日，東宮太監來找駙馬，說娘娘的一隻外國進貢的金絲黃雀不見了，請駙馬先生幫忙算一算，看這金絲黃雀到哪裡去了。小瘌痢說：「你先回去，待本先生算好後，就來奉告。」

小瘌痢接到這項差事後，心急如焚，而表面上卻裝得若無其事。為了驅散憂鬱的心思，他每天在花園裡走動，其實也是在費心地尋找，希望能僥倖地碰到金絲黃雀。皇天不負苦心人，第三天下午，他終於在御花園裡的一棵櫻桃樹下，見到了這隻金絲黃雀，那腳上還拖著一節細細的金鍊子。這金鏈子套在了一個小樹枝，小瘌痢順手將金鍊子在樹枝上又繞了兩圈。隨後回宮告訴了那太監，說他算出了黃雀所在的地方。

這件事過後，小癩痢心想，皇帝的家事、國事多如牛毛，疑難龐雜，今後要我「算」的事也一定很多。這樣下去，遲早我都要被治成欺君之罪。若不及早想辦法，殺身之禍難以避免。於是，小癩痢左思右想，一定要設法除掉這「神算先生」的光環。

這一天，小癩痢茶飯不進，臥床不起，還默默流淚。

公主問：「我的駙馬，你為何事傷心啊？」

小癩痢說：「公主，大事不好了！」說著，痛哭起來。

公主說：「有什麼大不了的事，本公主可以為你做主，保你太平無事！」

小癩痢停了哭聲，說：「我所以能算，實在是有一本天書。當時，我得天書時，神仙就對我說了，只能做個平民，千萬不要做官。不料現在卻做了駙馬，神仙怪我不〉遵守教訓，將我的天書收走了，我也就無法再算了。父皇若知道了此事，必定治我欺君之罪。公主呀，我到了這種地步，怎能不傷心呢？」說著，又哭出聲來。

公主撫摸著他的肩膀說：「我的癡駙馬呀，我還以為什麼大不了的事呢！我馬上告訴父皇，今後不要你再算，不就可以了！」

小癩痢說：「如果真是這樣，那就感謝公主的大恩大德了！」

公主笑了笑說：「你能知恩報恩，本公主就心滿意足了！」說著，還用手指在小瘌痢臉上點了兩下，想逗他開心。

接著，公主去稟告了父皇，皇上就怕嬌滴滴的寶貝女兒糾纏，只好如斯准奏。

從此，小瘌痢無憂無慮地做了駙馬，並且「一人得道，雞犬升天」，榮耀之至，還惠及了馮老三和他的女兒。

17 張邋遢成仙

一、聽了測字先生的話

張邋遢在雍河鎮寶塔根下居住，母子二人相依為命。他們每天從自己菜園裡採摘一點蔬菜上市出售，換幾個錢維持生活。他家門口，因為當年修寶塔時，為了材料便於從河裡往上運，修了一條石階從河下直達寶塔。現在這石階成了人們淘米、洗菜、洗衣、挑水的自然碼頭，因此，張邋遢家的門口一天到晚來來往往許多人。

張邋遢母子住的草屋在寶塔根北邊，冬天不到下午沒有太陽，東北風吹來，屋裡比屋外還冷。這座寶塔不僅擋住了張家的太陽，還遮得石階一天到晚陰沉沉的，寒冬臘月，經常結冰。人們走在石階上，必須小心謹慎，很不方便。因此，人們經常談論要是叫寶塔為石階讓路，那樣才好。

張邋遢母子待人誠懇，樂於助人，有些窮人來洗菜時，連爛的蔬菜都捨不得扔掉，張母總是將自己準備上市的新鮮蔬菜無償地送給他們。寒冬臘月，體弱多病的人前來洗滌時，張母常常叫他們到屋裡避寒，自己為他們去洗。張母在市場上賣菜，從不剋扣斤兩，價錢也很公道，因此，她的菜總是早早賣完。在五十一歲那年，張邋遢的母親生了一場重病，病後無錢調理，身體不得康復，十八歲的張邋遢只好到市場上擺攤賣菜。

張邋遢本名叫張正餘，由於他平時不修邊幅，衣服穿在身上橫披豎掛，全不在乎，蓬頭垢面，也不梳理，一副邋邋遢遢的樣子，人們就給他取了個「張邋遢」的綽號。

一天，張邋遢賣完菜在市場上閒逛。見市場東頭出口處有許多人圍在一起，不知道在幹什麼。他擠進了人群，見一位先生正在給人測字算命。張邋遢心想，我長這麼大還從來沒有算過命，不知道自己命好命歹。出於好奇，他擠到測字先生面前說：「先生，我也測個字，看看命運如何。」這位先生來到雍河鎮上，已經有些時日了。他常常到河裡洗滌東西，對張邋遢母子為人已經有所瞭解。今天見張邋遢前來算命，就準備指點他一下。

測字先生推給張邋遢一盒紙張，說：「你挑字吧！」張邋遢隨手拿了一張，是個「侶」字。先生拿起這個字，口中唸道：「『侶字兩個口，上下竟相酬。』小伙子，照字面上講，你家兩個人，是上下兩代。你們上慈下孝，十分融洽。這麼來看，你這一家，是厚道人家，必有後福。」張邋遢聽了，咧嘴憨笑。

先生又說：「『侶旁有個人，來者非凡人』。小伙子，你將來很好呀！依我說，你會大發達呢！」

在場的人聽了，轟然大笑地說：「窮得像叫花子一樣的人，還能發達！」

測字先生卻一本正經地說：「凡人不可貌相，海水不可斗量——小伙子，我問你，你知道九陽橋嗎？」張邋遢說：「知道，這裡往東七里路就是。」

「對，就是那座橋。明天是八月初一，有貴人從那裡經過，你大清早就去等他。他來了，你向他懇求搭救，會有你的好處。」

張邋遢聽了，付給先生幾文錢，馬上回家告訴了母親。

母子倆為人誠實，從來不欺騙別人，也不認為測字先生會欺騙自己，就決定去九陽橋上求見搭救自己的人。

二、果然得到了好處

第二天，天還沒有亮，母親就叫醒了張邋遢。張邋遢第一次認認真真地洗漱乾淨後，又將衣服

穿得整整齊齊了，來到九陽橋上，欲求貴人搭救。

他來到九陽橋上，天還沒亮。約莫半個時辰後，來了一位肩背竹籃的叫花子。張邋遢心想，測字先生說凡人不可貌相，我要求助的是不是這個叫花子呢？正想著，又來了一個更狼狽的人。這個人蓬頭垢面，身穿破衣爛裳，拄著鐵枴，背個葫蘆。張邋遢來不及多想，連忙抓住他的衣服，往下一跪說：「我張邋遢母子窮困潦倒，懇求貴人搭救。」

這人低頭一看，說：「你是張邋遢，我知道你們母子的為人，可以幫你一次！」說著，從葫蘆裡倒出一粒黑色的藥丸，說：「你到市場上把別人賣不掉的爛魚、臭魚買回來，放進盆子裡用水泡著，將這藥丸在水裡泡一下，魚就會活，然後拿到市場上去賣，價錢會很好。」說罷，又匆匆地趕路去了。

原來，八月初一早上九陽橋上走神仙，這位就是八仙之一鐵拐李。張邋遢回到家裡，把自己的經歷向母親詳細地說了。為了驗證瘸腿人的話，張邋遢來到市場上，找到了一堆已經賣過兩天，臭氣薰人的爛鯽魚，以鮮魚的十分之一價格買了五斤回來。

回到家裡，用澡盆裝著，然後從河裡拎來一桶清水，將爛魚泡了，接著把藥丸放進澡盆裡。說來神奇，這些臭魚竟都活了。張邋遢大喜，連忙叫母親也來看看。他母親見了，語重心長地說：「我兒，你得到寶貝了，可要小心謹慎，只能買爛魚，賣活魚，維持我們生活，千萬不能張揚。要是讓別人知道了，你就用不成這寶貝了。那樣，我們母子還要受窮不算，恐怕還會引來災禍。」張邋遢聽了，連連點頭稱是。

從此，張邋遢菜也不賣了，只是每天買臭魚、賣鮮魚，生活一天天好起來。

張邋遢日復一日地買臭魚、賣鮮魚，引起了魚販子們的注意。販子們問他如何能將臭魚變活，老實的張邋遢不會編造謊言，只得不理會這些詢問。這樣一來，更加引起了魚販子們刨根問底的心理。

這些人在一起商量，我們要是也能把臭魚變成鮮魚，那該多好啊！於是，他們決心要把這個謎底揭開。他們三個一夥，五個一群，經常跟在張邋遢後面，細心窺視。只見他買回臭魚後，只是放在木盆裡，並不見他動什麼手腳，就不管不問了。長時間以來，販子們也看不出什麼名堂。原來，張邋遢只在早上臨上市時，才將水倒進盆裡，用藥丸泡一下，就將魚拎到市場上去賣。就那麼一點點時間，又在大清早，販子們也正忙著自己的生意，哪能看得到張邋遢的「門道」。

販子們弄不清張邋遢的「門道」總不甘心，他們生意也不顧了，輪流值班，日夜監視著張邋遢。

這一天清晨，張邋遢把水倒進盆裡，將藥丸剛從懷裡拿出，兩個在窗外監視張邋遢的販子，立

即破門而入，要搶奪張邋遢手中的寶貝。張邋遢慌了，急忙將藥丸往口中一放，「咕嘟」一聲，吞到了肚裡。

販子們看了，只好乾瞪眼。

從此，張邋遢不能「買臭魚、賣鮮魚」了。

三、做了半個神仙

張邋遢自從吞食了藥丸以後，自覺身輕氣爽，終日不吃不喝，也不覺得飢渴。沒有了鮮魚可以賣，那賣菜的生意竟也不去理會，好在賣鮮魚的時候，多少有了點積蓄，自己又不吃飯了，沒有什麼消費，僅母親一個人的生活，暫時還沒有困難。

又是一個冬天，人們「把寶塔搬走」的無稽之談又舊話重提。這一天，人們正在談論這個話題，張邋遢聽了說：「只要大家肯出力，我就能把寶塔搬走。」

張邋遢自從吞食了藥丸以後，神情似瘋若傻，大家以為他在講瘋話，都嘻嘻哈哈地說：「只要你能搬走寶塔，我們都來出力。」

張邋遢卻一本正經地說：「人多能移山，何況這個寶塔！」於是，他從礱坊裡（加工大米的地方）挑來兩大籮礱糠（稻殼），沿著寶塔往東北撒。

看見的人問：「張邋遢，你這是幹什麼？」

張邋遢說：「我為移寶塔放力索（很粗的繩子），你能來出把力嗎？」

人人都覺得好笑，開玩笑地答應著：「你能移寶塔，我就來出力。」逢一個人，張邋遢就問一次：「我移寶塔，你願不願意出力呀？」每個人都滿口答應，認為這只是瘋話，沒必要當真。

那天夜裡，更深人靜的時候，張邋遢站在寶塔的正東方，對著寶塔說：「塔神，塔神！請祢聽清：眾人出力，要祢動身。得令！行！眾夥伴，齊努力，東北方向，兩丈五尺，停！」這時候，凡是答應過為移寶塔願意出力的人，都在床上大嚷：「嗨呵，齊努力呀，嗨呵！」約一刻工夫，人人大汗淋漓，筋疲力盡。當時，人人都不知道這是怎麼回事，更想不到是在為移寶塔出力。

第二天早上，人們到石階上來洗滌，見石階和張邋遢門口陽光融融，寶塔在東北方向兩丈五尺的地方立著，再也遮不著石階和張邋遢家房子的陽光了。

人們互相談論昨天晚上的感受，才想起了曾經答應過張邋遢為移寶塔出力的話。這才恍然大悟，原來寶塔真是大夥的力量移過來的！

於是，人們議論說：這麼大的寶塔，憑空地被移動了兩丈五尺，還完好如初，若非神仙，絕對

不成。這張邋遢真是神仙嗎？人們好奇地去問張邋遢。張邋遢說：「我哪是神仙。這是大夥兒出的力，我一個人哪能移得動啊！」但是，人們都說，不是神仙，也通了神了。於是，都對他刮目相看，全叫他「張半仙」。

四、接濟窮人

張邋遢藉眾人的力量，移走了寶塔，「張半仙」的名聲越傳越遠。許多生活困頓，走投無路的人慕名而來，乞求張半仙搭救。

張邋遢本來不會周旋應酬，又生就一副菩薩心腸。見這些貧困的人乞求幫助，急得愁眉不展。一日，他用自己家燒火的炭灰，在寶塔根下試著畫了一個籮筐，又在裡面點了幾下說；「籮裡出碎銀，一日救兩貧。」說著，用手在籮裡抓了一把，果然抓出一把紋銀，足足有二兩。他想，這樣下去，一天能抓兩次，就能救濟兩個窮人。時長日久，能救濟天下不少的窮苦人了。於是，他每天守在那裡，上午和下午，各叫一個窮人去籮裡抓一把，每個人都能得到二兩紋銀。

窮困的人來求張邋遢，都得到了接濟。

一天，來了一個強盜，趕走了張邋遢，佔據了寶塔根下畫的籮筐。不料，當天晚上一場瓢潑大雨，把畫的籮筐沖涮得無影無蹤。

強盜自然沒有得到好處，卻害得趕來求救的窮人也沒有接濟了。

從此，張邋遢更加神情恍惚，一副瘋瘋癲癲的樣子。

五、做了真正的神仙

雍河鎮的寶塔無端地被移動了兩丈五尺，而且完好如初。這件奇事被官府描述為神仙之舉，逐級報告了皇上。當朝聖上本來受「得道成仙」影響很深，早就想與神仙為伍，聽到彙報，立刻派了兩位官差，來請張邋遢進京。

兩位官差來到雍河鎮，打聽誰是張邋遢。人們指著一位衣冠不整、蓬頭垢面、似瘋若傻的人說：「那不就是張邋遢嘛！」

兩位官差來到張邋遢面前問：「你就是張邋遢，張半仙嗎？」

張邋遢說：「找我有事嗎？」

官差說：「皇上請你進京，他要見你。」

「進京？那我母親誰來照顧？」

「我們去招呼衙門，叫他們好好服侍你的母親，你放心好了。」

張邋遢說：「也好，只是讓你們費心了。」

隨後，他摸了摸頭，又說：「京城路途遙遠，我怎麼去呢？」

官差說：「我們一起騎馬去。」

張邋遢說：「我沒有騎過馬，不如你們去買個小瓦罐來，把我裝進去，然後拎著罐子，我就和你們一起到京城了。」

兩個官差莫名其妙地望望張邋遢，張邋遢知道他們不相信自己能被裝進罐子裡去，說道：「這有何難？你們去買個罐子來，試一試就知道了。」

官差只好去買了一個小瓦罐來，張邋遢在眾目睽睽之下，突然變成了小人，只聽得「咣噹」一聲響，小罐子晃了一下，張邋遢便鑽了進去。官差連忙拿起瓦罐觀看，裡面居然空空如也。

官差對著罐子喊：「張邋遢，你在哪裡？」

罐子裡回答說：「我在罐子裡。」官差又問了兩遍，都應答得明白，於是將瓦罐用紅布小心翼翼地包好，又到衙門裡招呼當地官員，好好照應張邋遢的母親。做好了這件事，他們便拎著瓦罐往京城而來。

到了金鑾殿上，官差拎著用紅布包著的瓦罐跪下來向皇上奏道：「吾皇萬歲，我等已經請來了張邋遢。」

皇上聽了，問道：「張邋遢人呢？」官差打開紅布，露出一個瓦罐，說：「張邋遢在罐子裡。」

皇上以為使臣在戲弄自己，龍顏大怒。正待發作，卻聽見罐子內有人說話：「張邋遢參見皇上，吾皇萬歲、萬歲、萬萬歲！」

皇上又驚又喜地問：「張邋遢你在哪裡？」

「我在罐子裡。」

「你出來，張邋遢！」

「我不出去！」

皇上急了，吩咐官差：「把罐子摔破！」他心想，沒了罐子，你總得現形了。

使臣得了聖言，只得摔破了罐子。

皇上只見一地的瓦片，仍然不見張邋遢人形，急切地問道：「張邋遢你現在在哪裡呀？」

瓦片說道：「我在這裡。」皇上撿起這一片，問一聲，那一片說「我在這」；撿起那一片，地上的還說「我在這裡」。皇上把所有的碎片都撿了起來，放在龍案上，對著瓦片說：「張邋遢，為

什麼朕只能聽見你講話，卻看不到你的身形——你真是神仙啊！」

這句話一出口，只見一塊瓦片滾動了一下，張邋遢在龍案下現了身形，跪在地上磕頭說：「謝主隆恩！」說完，揖了三揖，起身出了宮門，真的做神仙去了。半年以後，他又回到雍河鎮，將他的母親也接去做了神仙。

原來，張邋遢自從吞食了藥丸後，就能做神仙了。只是因為沒有得到皇上金口玉言的賜封，不得進入仙班，只能做個半神仙。這回皇上說出了「張邋遢——你真是神仙」的話來，算是討到了賜封，才得真正做了神仙。

18

張二與狐仙

一、與哥哥分離

黃口鎮的豆腐張在二十多歲和四十多歲時各生了一個兒子，分別叫做張大和張二。

張大和張二雖然是親兄弟，年齡卻相差二十歲，張大結婚後，張二才出生，張大的兒子只比張二小兩歲。

豆腐張的豆腐店，店面雖然不大，一家人辛辛苦苦經營，生活也還能過得去。早年由於家境過於貧困，張大一直沒有上學。等到張二八歲時，豆腐張就送他上了私塾。兩年後，張大的兒子也進了學堂。一家人辛苦勞作，除了穿衣、吃飯，還要供兩人念書，已是捉襟見肘。張二在十七歲那年，豆腐張夫婦相繼撒手西去，全家人的生活重擔都落到了張大夫婦肩上。

張大夫婦起早摸黑操持家業，仍然覺得入不敷出。這年秋天，張大與張二商量說：「弟弟，你十七歲了，已經成人，父母過世後，家裡經濟更加吃緊，我想你別念書了，回家來和我一起開這豆腐店如何？」

張二說：「家裡這麼困難，我也大了，應該回家幫助哥哥幹活。」

辭學回家的張二，每天挑著豆腐擔子上鎮下鄉叫賣。豆腐張在當地算是有名的，無論颳風下雨，張二都能賣完自己的貨。

一個斯文書生，忽然變成挑豆腐擔的貨郎，人們都對張二懷有同情心。不知不覺秋去冬來，張二的顧客，都成了他相識的朋友。每當賣貨時，張二總與這些朋友閒聊幾句。

某天，張二的貨已經全部賣完，就與幾位朋友坐下來聊天。一位直性子的人說：「張二，你一肚子墨水，卻來賣豆腐，不是屈才了嗎？」

張二說：「我家裡經濟不寬裕，只有跟哥哥合力經營豆腐店，才能生活下去。」

另一位說：「張二，不是說你跟哥哥開豆腐店不好，是說你這麼好的人才，實在是大材小用了。我告訴你，順河埂往北二十里，有一個竹葉灘。每到下半年，枯水季節時，那裡的竹木市場就繁榮得很。你到那裡或許能找到營生，比你賣豆腐會強得多。」

張二說：「我從來沒出過遠門，那裡又沒有熟人，再說，哥哥的豆腐店也少不了我，我怎麼能走呢？」

人們聽了張二的話，覺得非常實在，本來不打算多說。可是，總覺得這樣實在委屈了他。一位熱心快語的人說：「張二，你是年輕人，又有詩書在肚子裡，到外面闖闖就會有出頭的日子。若跟著你哥哥，一輩子只能挑豆腐擔子。再說，對你哥哥也是很大的負擔：你知道給你娶一房親，要花費多少錢嗎？」

還有人出主意說：「你要是出門在外手頭緊，這好辦，馬上就要過年了，你就說要千張的客人多。叫你哥哥做一擔千張（豆製品中最值錢的一種），你把它賣了，就會有錢了。」大家七嘴八舌，張二卻沒個頭緒。

自從張二聽了人們勸他「到外面闖闖」的議論後，雖然不忍心離開哥哥，卻對外面的世界充滿了嚮往。可是他內心非常矛盾，哥哥嫂嫂待我很好，他們又十分需要我的幫助，我若走了，他們會多麼傷心啊！但是，我要是一直留在家裡，對他們也是很大的負擔。自古道「世上沒有不散的宴席」，兄弟雖親，終得分離。從長遠來看，我出去闖蕩對他對我，都有好處。不過，我這一出去，將如何生活，心中沒有一點規劃。

經過幾天的冥思苦想後，張二最後決定還是到外面去闖蕩。不過，這不能對哥哥明說，如果說了，是絕對不會同意的。

於是，他就用「快過年了，要千張的客人較多」的計策，騙得哥哥苦幹了三天，加工了一大擔千張，挑著出來賣。

二、在竹木市場上

張二在十七歲的臘月二十一的清早，挑著哥哥加工的一大擔千張，順著河堤往北走。雖然是晴天，可是早上還是冷得很。凍白了的泥路，張二走在上面，腳下發出「咯吱咯吱」的響聲。他迎著北風，臉上凍得通紅，可是挑著重擔，身上還熱得淌汗。

張二一口氣走了大約十里路後，見到村子，才進去賣千張。他一邊賣著千張，一邊向著竹葉灘而來，到了下午申時，竹葉灘市場已經舉目在望了，而他的千張也已經賣去了八成。

張二挑著剩下的千張，又趕了兩三里路，來到竹葉灘市場入口處。他停下擔子，向來來往往的人流吆喝著出售千張。由於人多，時間不長，只剩空擔子了。他挑著空擔，隨著人流，來到市場裡面。只見市場裡到處都堆著竹子和木頭，一堆堆，一紮紮，每堆每紮旁邊都有人守候，等待顧客購買。張二挑著空擔子，漫無目的地在市場裡面逛。他見這些賣竹木的，同時也在收購木頭。原來，這竹木市場是販子們在交易，他們將山裡人挑來的一擔擔竹子、一根根木頭用低價收進，再以較高的價格出售。這一收一賣，錢就賺到了。

張二順著市場中最寬的道路來到渡口邊，見有一家小店。他這才想起，現在天快黑了，還沒進食，頓覺腹中飢餓。他挑著空擔子到小店裡坐下，要了一碗麵。由於心事重重，吃得無滋無味。

這時候，正是傍晚，沒什麼食客。老闆見張二面有愁容，就問道：「後生小子，我怎麼沒見過你？」

張二說：「我是陸家灘人，與哥哥合開豆腐店，不常來這裡。現在與哥哥分開了，我想不開豆腐店了。今天到這裡來看看，想找點事做，希望能改個行當（行業），另找口飯吃。」

其實，張二是黃口鎮人，離這裡二十多里，而陸家灘離這裡只有七、八里路。老闆聽了，說：「你不開豆腐店，想做什麼行當呢？」

張二說：「我今天才到這裡來看看，還不知道有什麼事能做。」

老闆說：「這裡人多，事也多，只要不懶，找口飯吃是不難的。你要是在這裡能住下來，我每天早上為你多做些包子，你挑到市場上去賣。我只收本錢，賺的錢包你吃喝不愁。」

張二現在是生活中迷了路的人，聽了這位老闆的「指點」，高興極了。急忙說：「出外靠朋友，在您的幫助下，我將來只要有了飯吃，您就是我的恩人。」

老闆說：「你要是願意這樣做，現在就把這豆腐擔子略微改裝一下，明天早上好挑點心（早點）去賣。」就這樣，張二在老闆的指點下，將豆腐擔子改成了賣點心的挑子。當時，看看天色已晚，老闆就在店裡打了個地鋪，安頓了張二。

第二天天還沒亮，竹木市場就人聲鼎沸起來。原來，山民們都起早趕到了市場。天色微亮，店老闆就打發張二去賣點心。張二來到市場上，見山民們將竹子、木頭賣給販子們，過秤、結帳時，爭多較少，吵吵嚷嚷，整個聽來就人聲鼎沸了。張二挑著點心擔子，越是人多的地方他越是吆喝著叫賣。這些趕早的人，賣過山貨以後，都來買點心吃。張二的一擔點心，不久就賣光了，他又去賣第二擔。

當挑第三擔時，老闆說：「這一次少挑一點了，多了會賣不完。」果然，這第三擔雖然挑得很少，到了巳時也沒有賣完，剩了一些還給了老闆。從此，張二天天早上賣點心，老闆的生意擴大了，張二也有了足夠的生活來源。

竹木市場上賣竹木的山民大多數不識字。有一天，一位約五十歲的老人，賣了五百多斤毛竹，拿了錢後，覺得帳款不對。他一面吃著張二的點心，一面嘴上算個不停，好半天也沒有個結果。張二見了問道：「你老人家，是在算什麼帳呀？講給我聽聽，讓我幫你算算看。」這位老人求之不得，就向張二報了帳目，張二一算，果然少了十文錢。老人去找販子理論，販子立刻補給了少給的錢。

此後，常常有人來找張二算帳，錯了的都能再找回來。於是，山民們找張二算帳的越來越多，有時張二還真應接不暇，但他從不厭煩，總是有求必應。

販子們見新來的賣點心人算帳準確，自己算錯了，錢補給了，山民們還滿口怨言。本來，到了年關，他們的生意更加繁忙，便在一起商量，乾脆我們收購竹木，就請賣點心的張二算帳，省得山民們不放心。於是，他們用起收購碼單來，只寫數量和價格，具體多少錢，按張二算的為準。每算一筆帳，販子都給一點厘頭（手續費）。這樣一來，張二成了大忙人，只好將賣早點的生意停了下來，做了竹葉灘竹木市場的專職算帳人。

由於張二算帳又快又準，從此，山民們賣竹木都放心了帳目，人人感謝張二的公正，爭先恐後地要與他交朋友。

張二因為不能再為小吃店老闆賣點心，老闆沒有收到預期希望，後悔當初不該留下張二。因而，就不再供他的吃住。山民們知道後，你送一根木頭，他送一根竹子，在渡口旁邊，離小吃店不遠的

荒地上，為張二搭起了三間草屋。張二過意不去，又沒有能力報答，只得在口頭上感謝不已。山民們都說：「你一天到晚為我們操心費力，我們為你做這一點事，還不應該嗎？」大家把張二的草屋搭好後，連水也沒喝一口，就回家去了。

此後，山民們今天你帶來三斤白米，明天他帶來一把白菜，還有的送來衣被和家常用具，張二的小日子居然過得有模有樣。快過年了，山民們帶來的白米、鮮菜、魚肉等年貨，齊刷刷地擺了半間屋，足夠張二吃兩個月。山民們還一再對張二說：「你就在這裡過年，別回家了。若回去了，萬一有了變化，明年不來，我們又要受販子們的欺負了。」

轉眼到了臘月二十，山民和販子們，以及小吃店的老闆一家，都回家過年去了，竹木市場驟然冷清下來。

張二在小草屋裡過起了「孤家寡人」的生活。

三、來了一位美女

臨近過年的天氣，東北風常常夾著雪花，飄飄灑灑，大路泥濘難行。準備過年的人們，為採辦年貨，絡繹不絕地經過渡口，來往於市鎮。

這裡雖然名為渡口，卻只是在汛期才用船擺渡。到了冬天，河心只有五、六尺寬的淺水流。河面上雖然有過木頭浮橋，卻總是被隨時漲起來的水沖走，因此，人們過河，都赤足蹚水。

住在草屋裡的張二，住的、吃的、穿的、用的都是山民們給的，他深深體會到了山民們就是自己的衣食父母。可是他很慚愧，許多山民雖然面熟，自己卻叫不出名字，更多的人，甚至連「面熟」都談不上。因此，他把凡是經過這裡的人都當成朋友。在這種報恩心理驅使下，他只要見了經過渡口的路人，都熱情相迎，不敢怠慢，生怕做了對不起朋友的事。

除夕這天，天陰沉沉的，在下午申時左右，從河那邊走過來一位赤著腳的十七、八歲的姑娘。她生得嬌小嫵媚，體態端莊，那一雙凍得像紅蘿蔔一樣的小腳，走起路來一步一扭，讓人疑惑好像是被冰碴扎破了，正在流血似的。她手中提著一雙鞋，徑直來到張二家的門口。張二見了，趕緊端來一個木凳，讓姑娘在屋簷下坐著，順便曬曬太陽；接著又端來一盆熱水，讓姑娘洗腳。他這樣做純粹是為了報答山民的恩情，他以為這個姑娘可能是哪位山民朋友的家眷。

冬天的白天短，太陽很快就要落山了，可是姑娘還坐在那裡，沒有離開的意思。今天是除夕，張二有點急了，問這位姑娘說：「大姐，天就要黑了，妳怎麼還不回家？」

不問還好，一問反而生事。這姑娘聽了問話，竟抽泣起來。張二說：「大姐，妳家在哪裡？這大年三十的，有什麼傷心的事嗎？」這女子慢慢抬起頭來，張二見她瓜子形臉龐，眼睛、鼻子和嘴巴，都像是畫的，恰到好處。那兩眼裡飽含的淚珠，像是滾動的水銀，眸子一動，掉在她的前襟上，像是斷線的珠子，好像還能滾動。因為哭泣，那臉頰不僅顫動，而且緋紅。張二心想，還真是個美人呢！

姑娘說：「我婆家在赤湖灘，離這裡四十里；娘家在火龍山北面，離這裡三十里。我十二歲那年，父母就將我嫁了出去，丈夫今年只有十一歲。平時，為了一點小事，公婆不是打，就是罵我。今天早上，只因為燒水遲了一點，公公就把我攆了出來，說永世不讓我進門。我一雙小腳，已經走了四十里，還有三十里的路，實在走不動了。」說著，又「嗚嗚」地哭起來。

張二聽了也很為難，留她住下，孤男寡女實在不方便；不留她，天卻晚了，叫她上哪裡去呢？張二想了想說道：「這麼說來，妳一定餓了，我先給妳做點吃的，吃完妳到前面那個村莊找個人家歇一夜，明天再趕路吧！」

姑娘說：「我連一步也不能走了，今晚就在這屋簷下歇一夜。」

張二說：「前面兩里路就是竹園蔣村，有很多人家，路也不太遠，妳去那裡很容易找到歇腳之處。在我這裡，不是不留你，而是不方便。天這麼冷，妳說在屋簷下住一晚，怎麼可能呢？」

姑娘聽了，抽抽泣泣地說道：「我命好苦哇！求你了，讓我在你家屋簷下住一夜，我實在是連一步路也走不動了！」張二聽了，六神無主，急得在屋裡直打轉，連自己剛才說要給姑娘做點吃的，竟也忘掉了。

天黑了，該吃年夜飯了，張二點火做飯，很快就做好了幾樣過年的菜來。這時，他又矛盾了起來：叫不叫這姑娘吃呢？想了許久，還是朋友的情意佔了上風：山上的人，誰不是我的朋友呢？於是，他對姑娘說：「大姐，若妳不嫌棄，就在我這裡吃一點吧！雖然說這是過年，但飯菜很簡單，妳不要笑話我才好。」

姑娘聽說，並不推辭，說：「大哥，謝謝你了。」於是，二人捧起飯碗吃起來，在用餐期間，他們誰也沒說一句話。

吃過飯後，姑娘主動地收拾碗筷。張二說：「大姐，我送妳到前面村莊去，我這裡實在不方便。」

姑娘說：「大哥，你真小氣！我才吃了你一頓飯，就怕我明天又吃了你的。我說過，我一步也不能走了，你何必要趕我呢？我又不曾沾了你多大的福氣，只在你屋簷下歇一夜！」張二聽了，無可奈何，只好不出聲。

說是在屋簷下過夜，怎麼可能──天寒地凍，又沒有一點鋪的蓋的！天黑了，這女子還坐在屋簷下，背靠著牆。張二想關門，既不忍心，又怕這姑娘說他小氣──難道我偷了你的不成？可是，那種社會裡，男女界限森嚴，做過孔夫子學生的張二，真是裡外為難。

張二前思後想，又是朋友的情意佔了上風：他們待我恩重如山，我怎麼能因這男女之嫌棄這女子而不顧呢？如果凍壞了她，我怎麼向朋友交代呢？想到此，張二說：「這位大姐，看來是執意不肯走了，就請進屋在我床上休息吧！我在灶門口搭個便鋪來睡。」這女子扭扭捏捏地說：「我睡便鋪。」張二不依，這女子只好睡到張二床上去了。

二更時，張二正睡得迷迷糊糊。這姑娘在房裡喊道：「大哥，你來！」

張二說：「什麼事？」

姑娘說：「你來呀！」

張二來到房門口，問：「妳怎麼啦？」

姑娘說：「你進來說話。」

張二進了房來，在離床不遠處站著。姑娘說：「我一個人睡覺冷得很，你過來一起睡吧！」

張二說：「那怎麼行！妳是我朋友家的人，又有了婆家，我怎麼能和妳睡同一張床呢？」

女子點亮了油燈，坐在床上邊哭邊訴著說道：「我不是山裡的人！我姓古，叫秋珍，從小就沒有了父母，被人抱去做了養女，現在這抱養我的人，要我嫁給他的兒子。我死也不肯，他們就打我、罵我，壓迫我和他兒子成親。這樣一來，我只好跑出來了。現在，我寧死也不會再回去了。我聽說你為人厚道，又知道山上的人都是你的朋友，才說我娘家在火龍山北崗，讓你同情我。現在我無家可歸，大哥，你行行好，就收留我吧！」

張二傻愣愣地聽了，不知道如何是好。

姑娘又說：「大哥，你怎麼不說話呀？」伸手硬將張二拉到了床上。

第二天，張二一則歡喜：平白無故地得了個美貌夫人；二則憂愁：如何向朋友說明這件事呢？「朋友們敬我誠實、忠厚，可是，這麼大的事，我事先都沒有向朋友們說一下，今後，朋友們還會信任我嗎？」張二打算將心事向古秋珍訴說，與她商量，看用什麼辦法向朋友們交代清楚。

四、宴請賓朋

古秋珍聽了張二所說的「顧慮」話，嫣然一笑說：「這有什麼難處？你大張旗鼓地告訴你所有的朋友，就說你將原配的夫人接回來了，總不會你的朋友們不讓你成親吧？不僅如此，你還得多寫

請帖，請大家都來喝你的喜酒，風風光光地把事情辦了，不就是向朋友做了交代了！」

張二聽了說：「妳說得倒好，妳可知道我有多少朋友嗎？連我自己也不知道具體的人數。再說，朋友來了，要有地方招待，我的房子連站的地方也沒有，還怎麼辦喜宴？」

古秋珍說：「這些你都放心好了。我們把日子訂在正月十八，好在竹木市場一個正月都不會開市，時間很好安排。你現在加緊趕寫請帖，什麼錢呀，招待朋友的地方呀，辦喜宴用的人呀，你都不要勞神，都由我來包辦。好不好——我親愛的夫君！」說著，在張二的臉上親親熱熱地吻了一口。

張二望望秋珍，不敢相信。

張二聽了秋珍的話，雖然半信半疑，還是買來了一百張紅紙，坐在家裡整整寫了七天，足足寫了一千張「滿天飛」的大紅請帖（張二實在沒有辦法，因為對這些朋友大多數都叫不出名字來）。到了初十，他將知姓知名的朋友請來一桌，叫他們幫著將這一千張請帖送了出去。

請帖送出去後，張二對秋珍說：「這一回就看妳的了，要是接待不了這些客人，我張二就讓朋友們笑話了。」

古秋珍微笑著說：「放心吧！我的夫君，只會叫你風光，絕不讓你丟臉！」

過了元宵節，古秋珍的娘家來了一班客人，專門為辦喜宴做準備。張二見了，一顆懸著的心才稍微放下了一點。從這一天開始，張二就開始陸續收到朋友們的賀禮，人來人往十分熱鬧。

到了正月十八，天氣晴朗，一絲風也沒有。初春的太陽暖融融地照著，竹葉灘上一片喜氣的景象。古秋珍娘家來了許多人，送來了辦喜宴用的所有用具，有的還充當著廚師和僕人。上午巳時，一百二十桌酒席整整齊齊地擺列在竹葉灘上，張二的朋友們開心地坐在露天裡喝喜酒。此情此景，雖然不似客廳雅致，卻也別具一番情趣。大家都說，有生以來喜酒喝了不少，卻從來沒有吃過這麼好的菜餚，也沒有見過露天辦這麼大排場的酒宴。大家都興高采烈地喝酒、猜拳，從上午巳時，一直吃到了下午申時。

傍晚，朋友們都告辭回去，古秋珍娘家的人也都走了，小屋裡只剩下了張二和古秋珍。

竹木市場開張後，張二還服務於其中，朋友們的往來更加親密。

五、幽屋取寶

張二和秋珍在草屋裡每天收受朋友們饋贈的食物和用品，日子也過得無憂無慮、甜甜蜜蜜。不覺到了清明節，山民們都去護山、種田了，市場也冷清下來。古秋珍對張二說：「我們要想辦法賺點錢才是，靠朋友救濟，總不是長久之計！」

張二說：「談何容易！我們一無資金，二無門路，怎麼賺錢？」

古秋珍說：「待穀雨後，市場完全關閉了，我們到蕪湖去一趟，看看能做點什麼事情。」

張二說：「我們就是朋友們送了這點家當，我看也辦不了什麼事。」

古秋珍說：「到那裡看看情況再說吧！」自從古秋珍操辦了龐大的酒席後，張二對這位自己跑來的妻子「刮目相看」，同意了她的安排。

竹木市場關閉後的第十天，即四月初一的早上，門口的小船首次開航。張二和古秋珍乘上小船，行駛了大約四個時辰，來到了離家八十里水路的蕪湖城碼頭。二人順著青弋江口的大路往西走，來到華盛道口。這裡面臨長江，是上下貨物繁忙的港口。道口邊有一排房子，早年是躉船儲貨的倉庫，後來因為放進去的貨物，不是無端損壞，就是拋撒得滿地亂糟糟的。房主只好將其改為客棧，可是住進去的人，就沒有再出來過。有一回，住進去了三個人，半夜裡，跑出一個人來，大嚷大叫，說裡面有鬼，另外兩個人竟無影無蹤。此後，房主只好將房子上了鎖。如今，八年過去了。

在這庫房旁邊，有一個茶館，張二夫婦就這茶館裡坐下來休息。初夏的天氣，已經有些炎熱，茶館裡下午客人不多，古秋珍見茶館老闆坐在對面休息，詢問道：「請問附近有沒有房屋出售或者出租的呢？」

茶館老闆知道他旁邊的房子裡「有鬼」，急著要處理它，馬上滿臉堆笑地說：「你們稍微等一等，我去問一聲再來告訴你們。」

沒多久，茶館老闆帶來一位六十來歲的老翁，此人長得肥頭大耳，說話慢條斯理，問道：「誰想買房子呀？」

茶館老闆向張二夫婦介紹說：「這位錢老闆有房子想賣，你們談談吧！」張二望望妻子，古秋珍向張二努努嘴，示意張二與錢老闆交談。張二說：「我們想先看一看。」

錢老闆說：「房子有十八間，只是舊了點。本來是碼頭上做倉庫用的，因為存貨不多，我把它改為了客棧。由於我家的人手不夠忙不過來，就鎖起來了，這一鎖就鎖了好幾年，裡面肯定髒得很。」

古秋珍說：「那不礙事，我們去看看再說吧！」

錢老闆說：「等我取鑰匙來。」

錢老闆帶著張二夫婦，來到華盛道口，打開那一排房子的大門，錢老闆說：「西起路口，東到小雜貨店，一共十八間，都是橫樑駄柱，空間開闊，無論做倉庫、開店鋪，都很適合。」

他們在屋裡觀看著，錢老闆又說：「這是祖上的遺業，到了我這一代，孩子們到外地謀事去了，留著它也沒有用，所以想將它賣掉算了。」

張二夫婦走在裡面，一股久不通風的霉薰氣味刺鼻難聞。申時的陽光本來還很強，可是屋裡已經幽暗無光。東邊那做客房的幾間，床鋪還在，只是沒了被子。他們進去一看，已經積了厚厚的灰塵，像蛛絲結絡子一樣，穿綴其間。

錢老闆說：「好久沒打掃，屋子裡很髒，但房子的品質還是可以的。」

古秋珍說：「錢老闆，你這房子要賣多少錢呢？」

「按品質，論時價，這房子一百兩銀子，如果你們看中了，我也圖省事了，八十兩銀子賣給你們，怎麼樣？」

張二和秋珍不敢相信地說：「什麼？八十兩！」

錢老闆以為他們嫌貴了，又痛下決心地說：「要是嫌貴，就六十五兩給你們好了！」

張二聽了心想，這麼多房子僅六十五兩，和白送也差不了多少。可是，這六十五兩白銀上哪裡弄去呢？只聽古秋珍說道：「六十五兩可以，但錢老闆先要立個字據。我們今天晚上就在這裡住一夜，明天回家取錢，初四給你兌清，你看如何？」

錢老闆心裡竊喜，但聽說要住這裡，又擔心起來，說：「二位還是另謀住處，這裡沒有收拾，髒得很，哪能住人呢？」

秋珍說：「現在時間還早，只要你能給床被子，我們自己收拾就行了。」

古秋珍一定要在這房子裡睡，錢老闆生怕明天又沒人出來，房子還是賣不成，說：「你們既要住在這裡，這房子算是買定了。既然買定了，就應該付幾個定錢，老朽也好去寫草契來。」

古秋珍說：「錢老闆先去寫來草契，我馬上付給你十兩銀子，等初四錢付清後，再立正式契據。這樣，你應該放心了吧？」

錢老闆聽了，心想，明天早上就算沒有了人，我也得到了十兩銀子。很快，錢老闆送來了賣房草契，還帶來兩床被子。秋珍當即付給了他十兩銀子。錢老闆臨告別時，又叮囑說：「房子很大，只兩個人住，要千萬當心啊！」意思是說，你們晚上要是有個三長兩短的，可不是我加害的！

這天晚上，張二夫妻睡到半夜，忽然聽到屋裡一陣「轟隆隆」巨響。張二趕緊起來，點了支蠟燭，只見一個身高丈許、腰比缸粗、臉像圓盆、牙如鋼釘的醜物來到面前。燭光中，這個醜物更加猙獰可怕，站在床邊，聲若巨雷般地說：「主人，我為你們整整守了十年的財了，這裡的財寶一分也沒少，今天全部交給你們。請你們查驗清楚後，給我守財奴一個批簽，我也要交差了！」

古秋珍聽到後，立即起床，說：「好，我們去看一下。」本來嚇得六神無主的張二，聽了妻子的話，只好強打精神，端著蠟燭，跟在這個「鬼一樣」的守財奴後面，來到西邊的第二個房間。守財奴掀開地板，就見下面整整齊齊擺滿了木箱。數一數，足足二十個。他打開箱蓋，只見箱子裡有的是銀錠，有的是金元寶，都是滿滿的，張二見了目瞪口呆。古秋珍說：「好啦，沒你的事了，你可以走了。」說著，拿出一塊一寸見方的鐵牌子，拔下頭上髮簪，在上面畫了個十字，交給了守財奴。守財奴趴在地上磕了頭，又作了個揖，爬起來一聲長嘯，竟無蹤無影。

經過這一番折騰，張二對妻子更猜不透底細了。正月十八辦喜宴，那麼大的排場，辦得井井有條，已經令張二費解；目前這樣離奇的遭遇，更叫張二生疑。他問妻子：「秋珍呀，妳到底是什麼人，怎麼會有這麼大的本事？」

古秋珍說：「這些都是我父母的財產，不要大驚小怪。」張二無法再問得明白。

第二天早上，錢老闆早早地來到茶館裡等候了。茶館老闆和錢老闆見張二夫婦出來，還和昨天一樣，都用異樣的眼光看著他們。錢老闆無不驚嘆地說：「你們真不愧是房子的主人，祝福你們事事如意！」

古秋珍說：「託大家的福，今後還望多多照應才是啊！」

早飯後，張二和古秋珍回到了竹葉灘。張二向所見到的朋友們一一打著招呼，將家裡本來是朋友饋送的東西，分別送給了近處的人，將草屋託付給了小吃店老闆照應。夫婦二人乘上民船，來蕪湖正式創業了。

六、開市創業

張二夫婦買下了華盛道口的十八間房子，還得到了無數財寶。至此，張二那「無錢難辦事」的顧慮算是解除了。他請來匠人，改造門面、裝飾房子，購置器具，採購物品，開了一間「張氏」雜貨店。

由於貨真價廉，顧客漸漸地多了起來。於是，張二又從火龍山找來兩位善於經營的人，做了店裡的夥計。火龍山離華盛口也只二十五里路，朋友們出於對張二的信任，不嫌路途較遠，都到張二店裡來買貨物。

這年的秋天，江北流行瘟疫。古秋珍對張二說：「我們開個藥店吧！這是既能為百姓做好事，又能賺錢的行業。」

張二說：「開藥店雖好，可是沒人懂行，如何開得？」

古秋珍說：「我有一位表哥，姓胡，既懂醫術，又通藥理，請他來坐診，絕不誤事。」不幾天，古秋珍的表哥來了，此人是一介白面書生，文弱、恬靜，在藥店裡永遠是不慌不忙地診治病人，開的處方也是準確無誤，兩位助手在他的指導下，更是工作得井井有條。由於藥的種類齊全，再偏的方子也能配齊，而且價格低廉，不久，藥店也興盛起來，同行們竟然有了嫉妒之心。

這年深秋，瘧疾大流行，尤其是勞苦大眾，許多人被折磨得面黃肌瘦，有很多人因此喪失了勞動能力。這時，凡是到張二藥店裡來的人，都能免費得到一包草藥，回家煎湯喝，有瘧疾的立刻治好，沒有瘧疾的也能預防。

第二年的春天，張氏藥店又免費發放「紅辣椒」，這是中草藥碾碎後用紅布做成辣椒樣子的藥袋，戴上它能預防感冒、白喉、百日咳和腦膜炎等傳染病。

對此，同行們說，這是譁眾取寵，籠絡人心，蠱惑人們不要上張二店買藥。只有張二的朋友和火龍山的人知道張二為人誠實，領取了張二店的大包草藥和「紅辣椒」。那一年的初夏，白喉、腦膜炎大肆流行，大批小孩死亡，社會上竟然流行著「閻王收少丁，小人要發瘟」的流言蜚語，鬧得人心惶惶。家有小孩的唯恐有失，提心吊膽地將小孩關在屋裡不讓其出來，依舊難以倖免，只有接受了「張氏紅辣椒」並長期掛在胸口的孩子，卻個個健康無虞。這樣一來，受了益的人都十分感謝張二和他的藥店。

張二的藥店漸漸擴張，還辦起了藥廠，製作中成藥救濟百姓。他創業的名聲不脛而走，遠在黃口鎮的哥哥張大也有所耳聞。

七、張大尋弟

張二離家出走後，其兄張大十分著急，曾到處尋找和打聽。由於黃口鎮是水鄉集鎮，與竹葉灘山貨市場沒有聯繫，張大事務又重，時間久了，漸漸地將張二放在了一邊。

第三年的初夏，黃口鎮百貨店的老闆秦富去蕪湖進貨，湊巧，就是在張二店裡批發的。他見「張氏」不僅有百貨店，還有雜貨店和藥店，一打聽，這老闆叫張二。他想，這張二莫非就是三年前出走的豆腐張的小兒子？秦富回來將他的想法告訴了張大，並且加上了自己的主觀臆測，他希望真的是張二，那樣的話，他以後的生意就會更好做。於是說道：「我敢保證，他肯定是你的弟弟張二。」

一直惦記著弟弟的張大，聽了秦富的話，喜出望外，連夜打點行裝，第二天一大早，就在河邊碼頭乘船到了蕪湖來。一百二十里的水路，到了蕪湖已經傍晚，只好找了個客棧住了下來。

第二天早上，張大吃了點點心，慢慢打聽，來到華盛道口。見這華盛道上，足足有半里路長的鋪面，打著三塊「張氏」牌子。店前街上，買貨的人來人往，肩挑手提，熙熙攘攘。店裡貨物，琳

琊滿目，應有盡有，店裡夥計文雅大方，彬彬有禮。張大這邊店裡看看，那邊店裡望望，心想，我弟弟身無分文，如何能有這麼大的產業？

約莫過了兩個時辰，張大坐到小茶館裡休息。他一面喝著茶，一面孤零零地打起了算盤：我老遠趕來，就是為了尋找弟弟，現在到了這裡，見這「張氏」店面明顯不像我弟弟可能擁有的產業，而我也應該打聽明白，這店的主人究竟是哪裡人氏、姓氏名誰、多大年紀、店開幾年了？如果打聽清楚了，也不枉我來了這一趟。

於是，他畢恭畢敬地詢問茶館老闆說：「請問老闆，您是哪裡人，這店開了幾年了？」這老闆瞅瞅張大，見他一把年紀，又問得恭敬，就如實地回答說：「我是本地人，一直開這茶館。」

張大心想，這可問到重點上了——本地人，一定知道本地事。於是，又問道：「請問，這裡『張氏』的幾個鋪面，主人是誰？多大年紀了？這鋪面開了幾年了？」

茶館老闆炫耀地說：「您問這個，我可是一清二楚，他買這房子還是我做的東呢！這對夫妻都是二十出頭的人，男的叫張二，女的叫古秋珍。去年四月來的，也在我館子裡喝茶，說要買房子，我介紹他們買了現在開店的這些房子。具體是哪裡人，我還不太清楚，好像是竹葉灘的。不過，他們的店生意興隆極了！一天到晚買東西的人川流不息，我的生意也沾了光，比以往好多了，」

張大聽了心想，這個張二的年齡、來的時間和我的弟弟倒有些相像，最好能見一見才好。於是張大說：「這張二能見得到嗎？」

茶館老闆說：「這個容易，只要張二在家，我去叫他，他隨時都會來的。」

張大說：「拜託老闆，請張二老闆與我見上一面。」茶館老闆把手在圍腰布上擦了擦，說道：「我去看看張二有沒有空，要是有空，就叫他過來。」說著，徑直向張二店裡走去。

很快，茶館老闆回來了，對張大說：「張二正在吃午飯，馬上就過來。」果然，話音剛落，張二從百貨店裡出來了。張大見了，趕緊奔上前去，一把抓住張二的肩頭，聲音沙啞地說：「兄弟，真是你呀！」

張二先是一愣，定神一看，面前這位竟是胞兄，頓覺傷神，但是他很快就鎮靜了下來，問：「哥哥，你怎麼來了？」

張大說：「是秦富告訴我的。」

茶館老闆見狀，說：「今日兄弟見面，可喜，可賀！」馬上擦桌子，端水、倒茶。

張二說：「你別忙了，我哥哥到我那邊去吧！」於是，兄弟二人手挽手，到張二店裡來。

八、兄弟相聚

張二的百貨店後面，是兩室一廳的住處。張大在這裡住了兩天，第三天早飯後，張大說：「我來這裡，知道了你們的情況，我也就放心了。明天我要回家去了。」

古秋珍說：「哥哥不妨多住幾天，我們店裡事多，招待不周，哥哥別見怪。」

張大說：「我們是親兄弟，說什麼招待不招待呢？何況，你們招待得還真周到。只是我來時也有幾天了，家裡事還要料理，這次來知道了你們的情況，我也算沒有白來。」

張二說：「我和秋珍商量過了，想請哥哥一家都到我這裡來。一則幫我們料理店務，省得我還請別人；二則在這裡比在家開豆腐店要強些，姪兒還有文化，會有用武之地。你回家和嫂子商量一下，如果願意的話，就搬來。」

張大說：「這樣一來，是兄弟拉扯（幫助）哥哥了。我回去安排一下，就搬過來，只是在這生意場上，我是外行，怕做不了什麼事情。」

古秋珍說：「一家人，本來就應該住在一起，哥哥不要過慮就是了。」

一個風和日麗的日子，張大雇了一條民船，載著全家人和一些必要的家具，在華盛港靠了岸，搬進了張二的店裡。

兩家相互尊重，和睦親熱，生意場上也操持得井井有條，繁榮興旺。

九、樂極生悲

張大老婆俞氏喜歡窺探別人的隱私，她見張二只幾年工夫，就成了大財主，心中早就有些猜疑。還聽說張二的財產是古秋珍帶來的，因此，她時時處處都留意著古秋珍的一舉一動。

一天早上，俞氏早早地起了床，躲在古秋珍臥室的窗外，將窗戶紙弄破了一點，向臥室裡窺視。不看則已，一看嚇得她魂飛體外：原來，秋珍每次梳妝，都從肩上把面具拿下來，著意描繪，打扮得如花似玉以後，再戴在頭上；在她拿下面具的時候，現出的本來面目，實在是一個奇醜的「鬼精靈」：尖腮露齒，兩眼似洞，一臉灰黃，還毛茸茸的。俞氏仗著自己上了年紀，見過世面，還算鎮靜地看了個有始有終。只見古秋珍梳妝好後，走出臥室，又光彩照人地開始了她一天的生活。

晚上，張大回來後，俞氏將自己所見到秋珍的情況，向張大繪聲繪影地說了。末了，俞氏說：「這秋珍是妖怪，我們遲早都要受她的禍害，還是早點回家去吧！」

張大聽了，吃驚不小，說：「這是一件不得了的大事，就算回家，我也要和弟弟商量一下才是。」

張大曾經聽說過，有一位教書先生，某天夜裡遇到了一位貌美無比的女郎，哭哭啼啼，問她原因，她說被丈夫遺棄，父母不認，無家可歸。這先生以為撿到便宜，帶回學館，金屋藏嬌。時隔不久，先生死於學館，胸口一個窟窿，心臟被剜了去。經道士辨認，說是狐狸精迷了先生，吸盡了先生的精髓後，臨走時還挖走了先生的心。張大心想，我弟弟要是遇到了妖怪，後果也將不堪設想！

第二天，張大將此事向張二細細地說了，並陳明了嚴重性。於是，兄弟倆商量，明天早上親自窺看古秋珍梳頭，若真的是妖怪，見機行事。張大回去準備了一把利斧，第二天清早，兄弟倆躲在窗外偷看古秋珍梳頭。果然如俞氏所說，當古秋珍露出猙獰的面貌時，張大隔著窗戶，對著古秋珍腦袋一斧劈去，只聽到一聲長嘯，便不見了古秋珍。兄弟倆來到臥室，梳妝桌上只留下了古秋珍的面具，找遍臥室，也沒有她的影子。二人你瞧著我，我瞧著你，目瞪口呆。

這天上午颳起了西風，到了中午，西風發了狂，江口水浪翻著白沫衝擊著江堤。下午，張二百貨店裡的一位夥計，吸菸時掉了個火星，引燃了大火。風助火威，火趁風勢，頃刻之間，華盛道上張二的店鋪成了火龍。從西到東，張二的所有店鋪都淹沒在火海中。由於風力太猛，火勢太旺，救火的人無法近旁，人們眼睜睜地看著偌大的產業化成了灰燼。所幸的是，沒有傷及到人，鄰居們雖然受了驚嚇，也沒受到損失。

大火過後，驚慌失措的店裡夥計都聚集到張二面前。張二說：「現在到了這種地步，大家只好各找安身之所。我馬上去一趟火龍山，找朋友們湊點錢財，給你們一點安身之費。」

又對張大說：「哥哥，你和嫂子、姪兒暫時在茶館裡住下，等我回來後再做打算。」說完，徑直向南往火龍山走去。

火龍山離此地二十五里，張二估算初更前能夠趕到。他一個人順著江堤走，現實的苦楚和夢幻似的思緒湧上了心頭：我們本來好好的日子，忽然變成了此等光景，真乃造化弄人！

張二在心裡呼喚：「秋珍呀，妳現在到了哪裡？哥哥，嫂嫂呀，你們不該疑神疑鬼！我自己也沒有主見，秋珍本來就不是平凡的人，我應該是知道的，為什麼不向哥哥說明白？以致弄得我現在焦頭爛額，一塌糊塗！」

張二在樹下自責，不知坐了多久，忽然驚醒，我得趕快去火龍山，夥計們還正等著我去安排，哥哥正等著我的回音。於是，他急急忙忙地站了起來，又去趕他的路，此時太陽已經下山了。

他記得，去火龍山的路抄近走的話要少五里。不過，要通過一片蘆葦灘。這條路他曾經走過，還依稀記得。於是，他走下江堤步入蘆葦林中。茂密的蘆葦叢裡，本來蘆葉就遮天蔽日，何況現在已是傍晚，只能隱隱約約看見路影。不一會兒，幾乎伸手不見五指。張二只能憑著記憶在蘆葦中摸

索，走著走著，前面竟然找不著路了。他只好按著大致的方向，撥開蘆葦前進。也不知走了多久，心裡發起急來：怎麼到現在還沒走出蘆葦灘呢？猜想自己可能走錯了路。正愁時，忽見前面有一點燈光，這使他喜出望外。他覺得，這燈光可能是一戶人家，或者是一處漁火，可以去那裡問問路徑了。

十、荒灘重逢

張二來到燈光近旁。原來，這燈光是從一座小茅棚的窗子裡透出來的。他走近門前，門虛掩著。張二推開門，卻見妻子坐在燈前的小桌旁。

張二大喜，哪怕妻子就是妖怪，他也不再顧及了，說：「秋珍，妳在這裡？」

古秋珍說：「你到這裡來幹什麼？你為什麼和你哥哥加害於我？」

張二說：「我哪裡想害你，只是想看個清楚，不料哥哥……」

古秋珍說：「張二，你不必細說了，內情我都清楚。現在，你有什麼打算？」

張二說：「秋珍，妳可知道？我們的店鋪已經被大火燒得精光，連一根紗也沒搶出來。我現在已經是窮光蛋了，連夥計也打發不走。我這是去火龍山，想找朋友們接濟幾個錢，好來打發夥計，不料在這裡卻遇到了妳。」

古秋珍說：「你早就想知道我的底細，今天我就告訴你，我是火龍山白雲洞的狐仙，已經過了『自控關』和『人行關』，有了兩千年的道行。二十年後還有個『雷公關』。要是過得去，我就列位天仙了。我是想藉著與你的緣分，在你的庇護下，過這場『雷公關』，誰知你卻對我不懷好心！」

張二聽了，連連作揖打躬，說：「我現在非常懊悔，妳一定要原諒我！我一定要保護妳平安度過『雷公關』，但怎麼過法，妳可要告訴我呀！」

古秋珍說：「怎麼過法，到時候才能告訴你。我今天告訴了你這些，是叫你別再對我疑神疑鬼。我來到你們張家，只會給你們福氣，絕對不會加害你們。」說著，望望張二，又接著說道：「這些年來，我對你怎麼樣，你應該知道，你為什麼不識好歹呢？」張二聽了，愧疚不已，說：「秋珍呀，你原諒我吧！我對妳其實沒有惡意，只是……」

秋珍說：「我知道你的心情，所以，我現在還能諒解你。在老藥鋪的櫥下，我還埋著一個瓷壇，裡面有五百兩銀子。你回蕪湖把它挖出來，給你哥哥，叫他在蕪湖另找地方擇業，今後不要干涉我們。我們將來還有兩個兒子，能為你們張家光宗耀祖。你明天回去，對夥計們說，叫他們不要散了。這些時候，沒有事做，工錢照發，說我回娘家去了，兩三天就回來。」

張二說：「這麼說來，這場大火，也是妳對我的警示？」

秋珍說：「別問太多，以後少一點疑神疑鬼，我們就會萬事大吉。」

這場曲折的遭遇，在古秋珍的運作下，總算圓滿結束了。至此，張大與張二分離開來，他用張二給的錢，在蕪湖買了一座山，在山下開著豆腐店，一家人的日子過得無憂無慮。再後來，人們把張大的山叫做「張家山」。張二在華盛道上重新起建了店鋪，不僅恢復了雜貨、百貨和藥鋪的門面，還增加了當鋪和錢莊，一條道上生意茂盛，遠近聞名。因為全是店鋪，人們遂將華盛道叫成了「華盛街」。

十一、庇護過關

大凡生靈成仙，需過三關。分別是「自控關」、「人行關」和「雷公關」。所謂「自控關」，是生靈在自我控制下修行，以適應大自然的滌蕩，免除大自然的淘汰。這一關極其難過，絕大部分生靈都做不到。有幸過了這一關，緊接著就是「人行關」。所謂「人行關」，就是生靈過了自控關後，就會被人類消滅。博大精深的修行，往往毀於人行關上，要是有幸再闖過了這一關，一般也有一千多年的道行。過了這一關，便能知道未來所遇事情的經過和結局，也就是所謂的「能掐會算」了。

到了此時，就要闖「雷公關」了。所謂的「雷公關」，是指在這個時候，天雷要消滅牠。古秋珍已經有了兩千年的道行，正處在這個階段。

張二的店被大火焚燒了，再建起來後，張二更加珍惜與秋珍的感情。兩人卿卿我我，如膠似漆。不幾年，陸續添了兩位可愛的公子。這樣，不知不覺又過了二十年。這時候，大公子已經中了狀元，二公子也中了解元。

這年六月，古秋珍對張二說：「張二，你對我情深意重，我感激不盡。兩個孩子都還年輕，我愛之若命。可是，我們的好景不常了。我就要離開你們而去了！」

張二這時候已經是知天命的年紀，聽了妻子這番話，無不動情地說：「秋珍，妳不是說過，要我庇護妳過『雷公關』嗎？」

秋珍說：「我告訴過你，我是白雲洞的狐仙，只因為與你有這段姻緣，才來和你婚配。已經為你生了兩位公子，他們都是文曲星下凡，將來都是皇帝的近臣，前途遠大。你們張家光宗耀祖，正是這兩個人。只是人仙不能同道，我不能和你們同享紅塵之福。六月十五，我將經歷『雷公關』的考驗了。」

張二想起了在蘆葦灘上妻子說過的那些話，便問道：「秋珍，『雷公關』是妳成仙的最後一關，現在，告訴我該如何庇護妳？」

古秋珍說：「夫君，你精誠待我，使我仙緣有望。告訴你吧！六月十五，叫兩個孩子都別出門。你買口柏木棺材來，我睡在裡面；蓋上蓋子，抬到天井裡放好。那一天，上午既晴又熱，中午過後，烏雲翻滾，雷聲大作。你讓大兒子騎在棺材前頭，二兒子騎在棺材後頭，你騎在棺材中間。屆時，會有暴風驟雨，厲雷火電，那可是驚心動魄的場面，意在把你們趕走，掀開棺蓋，把我劈死。你們千萬要能挺得住。其實，雷公是不會傷害你們的。因為孩子們都是文曲星，你也是個行善的大好人，雷公不會傷及無辜。只須半個時辰，就會雲開日出，我也就算度過『雷公關』了。」

張二聽了說：「秋珍，孩子是我們從小教養的，懂事、孝順，妳放心好了。只要有我們父子在，保證妳能過了『雷公關』。」

秋珍說：「夫君，我將具體情況都告訴你了，也算將我的一切交付給你父子三人了，你們可要千萬小心在意呀！」

六月初十，張二召回了在外的兩個孩子，向他們詳細講解了六月十五將發生的事情。孩子們聽了，都說：「這是義不容辭的大事，我們一定要保護母親過關。」並且，他倆親自到市場上買回了一口非常結實的柏木棺材來。

六月十五這天，古秋珍像大病臨身一樣，無精打采，及近中午，她穿了一件白紗衣，睡進了早就放在天井裡的柏木棺材中。

午時，張二便吩咐兩個孩子，各騎在棺材的前頭和後頭，自己騎在了中間。

忽然烏雲翻滾，遮天蔽日，白天像夜裡一樣黑，風來了，電閃了，雷鳴了，雨下了。突然，平地一聲炸雷，房子也跟著晃了幾晃，緊接著閃電連成一片，風從天井中直撲下來，大有將這房子夷為平地之勢。雷聲震耳欲聾，柏木棺材也因此抖動。張二父子俯身抓住棺材，緊緊相護。忽然，一個聲音高叫著：「文曲星，趕快離開！讓我們劈死狐狸精！」話音剛落，又是一聲巨雷，父子三人連著棺材都被震得顛簸起來。一直折騰到午時三刻，才漸漸地退了回去。

暴風驟雨過了以後，張二父子三人下了棺材，揭開棺蓋，古秋珍從棺材裡出來，對他們父子說：「多虧你們相救，我現在列位仙班了！」

說著，飛出天井，微笑著說：「今後，若有難辦的事，儘管叫我，我將盡量相助你們。」說完，飄然而去。

張二望著秋珍飛去的方向，遙遙相祝道：「但願妳做個快樂的神仙！」

19 萬里營

在機械交通工具發明以前，陸路交通最便捷的就是騎馬。為了幻想有比馬更快的交通工具，便有了「萬里營」、「千里豬」的故事。這裡，且說一個為了想擁有萬里營，而演繹出來的荒唐故事。

一、拜年

滕公有三個女婿，大女婿王佳是文官，每年拜年坐轎來；二女婿劉廣是武將，每年拜年騎馬來；三女婿宋玉郎是農民，每年拜年赤腳穿草鞋來。

這一年臘月，滕公招待王、劉兩位女婿喝酒過後，又招待他倆喝茶。他忽然心血來潮，把三女婿宋玉郎也叫到茶桌上坐著。滕公指著後面的香案上，鄭重其事地對三個女婿說：「我每年除夕時都要把一個元寶供在香案上，你們明年拜年，誰來得最早，我就將這個元寶賞給誰。」滕公心想，大女婿坐轎，只要想早來，就能來得早；二女婿騎馬，快馬加鞭，要想早來，更加容易；三女婿赤腳穿草鞋，路又不近，就是想早來，諒你也早不起來。

滕公要用這個元寶奚落「窮鬼」三女婿宋玉郎——在勢利人的眼裡，窮人總被鄙視。

年拜過後，三個女婿都告辭回家了。

宋玉郎回到家來，將這個消息告訴了妻子滕珍珍。珍珍說：「老父親真是亂出花樣，譏笑窮人，誰稀罕他的元寶。」

玉郎說：「元寶事小，被他瞧不起事大，我一定要把這個元寶爭回來！」

轉眼到了大年三十。這天，剛吃過午飯，玉郎對珍珍說：「我去妳父親家拜年，年飯妳自己吃吧！」

珍珍說：「哪有三十晚上就拜年的事？」

玉郎說：「為了元寶，我要爭口氣，只好這麼做了。」

玉郎岳父滕公的家，在正南三十里，天陰沉沉的，北風呼呼地颳著。玉郎順風而行，天雖然寒冷，由於走路，卻也不冷。冬天，天黑得快。玉郎走得雖然不慢，到了岳父門口，天已經黑了。他站在黑處，看見岳父一家正在吃年夜飯。這時，他忽然想起，趕早拜年，必須是在正月初一，總不能現在就去拜年吧？可是我今天晚上在哪裡過夜呢？他看了看四周，見岳父家柴堆下有個洞，便鑽進裡面。

不料，這天夜裡，紛紛揚揚下起了大雪，一隻山麂（似鹿，比鹿小）不小心闖進了玉郎睡覺的柴堆裡。

玉郎吃了一驚，伸手抓住山麂的角，在柴堆裡找著了一根葛藤，把山麂的角拴了起來，在柴堆中繫好，自己又去睡覺。

五更未到，岳父就燃放著花炮開「財門」了。花炮聲剛過，玉郎就從柴堆裡出來，拍乾淨了身上的草屑，精神抖擻地來到岳父家裡。

岳父拿著茶壺正準備泡茶，玉郎說：「岳父大人，小婿給您拜年了。」說著，雙手作揖：「祝岳父大人身體安康，家業興旺！」

滕公見是玉郎，很不高興，心想，這個窮鬼，為了想得到元寶，恐怕一夜也沒有睡覺。可是，看看他身上，乾乾淨淨，一點雪也沒有，又覺得很奇怪。因為心裡不樂，竟不答話，連茶也不泡了，說：「你坐吧！我還要去睡覺。」說著，竟然拋下玉郎，回臥室裡去了。

二、互換坐騎

天才見亮，二女婿劉廣騎馬也到了。那馬身上冒著熱氣，還不停地喘著氣，明顯是快馬加鞭來的。劉廣才下馬背，玉郎就迎了上來。劉廣見了，非常吃驚，說：「你真早啊！」

玉郎說：「不早，我來的時間也不長。」

劉廣無不譏諷地說：「你一年累到頭也賺不到一個元寶，現在也算發個財了！」

玉郎說：「這說的是哪裡話，岳父說要賞元寶，只是要我們早一點來拜年。」

劉廣說：「你不指望元寶，那你哪一年有今年來得早呀？」

玉郎聽了只好憨笑，不好回答，只是在心裡說道：「你們這有錢的人，對窮人說起話來真能噎死人呢！」

滕公聽說二女婿劉廣到了，連忙起床，拿來茶點，給他沏茶。過了一會兒，大女婿王佳也到了，滕公叫家裡人擺出早餐。吃過以後，他破例叫來三女婿宋玉郎，並將元寶擺在桌子上說：「我去年就說過了，今年拜年誰來得最早，這個元寶就賞給誰。現在三女婿來得最早，」他望著三女婿說：「這個元寶就賞給你了，你為了這個元寶也吃夠了苦。不過，我倒要問問，昨天晚上你是什麼時候動身來的呀？」

二女婿劉廣說：「老岳父設了這麼重大的獎賞，害得你恐怕一夜也沒睡覺呀！」

三女婿玉郎說：「岳父大人，您說賞給元寶，是為了叫我們早點來拜年，我們哪能真的要您的元寶呢？」

滕公把元寶拿在手上掂了掂說：「這是一銀元寶，八兩重，取八八大發的意思。我這麼一把年紀了，和你們說話哪能不算話，說給的，就應該給。」

他把元寶鄭重地放在了玉郎面前，又說：「天下著這麼大的雪，我又沒看見你穿蓑衣戴笠帽，連鞋子都好像沒沾雪，你三十晚上是在這裡歇著的嗎？」

玉郎看著眼前的場面，只好隨機應變，微笑著說：「其實我來得並不早，只不過是，說到就到了吧。」

滕公說：「你怎麼說到就到了？你的家離這裡少說也有三十里啊！」

玉郎說：「我實在也沒有什麼可以說的。」一副欲言又止的樣子，令在場的人好奇，紛紛追問詳細情況，大有不說清楚，絕不甘休的意思。

玉郎說：「不是我不告訴你們，其實，是不應該說的。」他停了停又說：「你們一定要問，都是至親，說了也不要緊。只是你們聽了，不能再向別人講。不然就麻煩了。」大夥見玉郎說得神祕兮兮，都催他快說。

王郎說：「我們那裡去年春上，來了個尋寶的人。每天滿山遍野跑，有時候到我家討水喝。時間久了，就有了感情，他便叫我和他一起上山，幫他做點事。其實，只是給他挑空筐子，總是空筐子挑出去，還是空筐子挑回來。我問他，這挑空筐子幹啥?他說，你別管，叫你挑你就挑。終於有一天，挑回了兩個大蛋，其實也不重，總共不過五、六十斤。他說：『好了，總算找到了，我也要走了。這兩個蛋，送一個給你，算是回報你給我的招待和挑筐子。』我問他，這是什麼東西，他說，這是萬里營蛋，是世上的無價之寶，價值連城。我看你忠厚得很，所以我留下一個，另一個送給你。你要珍惜牠，用心把牠孵出了，等到冬天，就能騎了。到時候，你騎上牠，閉上眼睛，說一聲：萬里營，我要到某個地方去，等你睜開眼睛的時候，你就到了。無論多遠，也只是眨眼的工夫。萬里營具有靈性，誰孵出了牠，牠就對誰俯首貼耳，所以你夫妻一定要用心孵牠。他還教了我如何孵的方法。今天我就是騎這萬里營來的，我騎上牠，閉上眼睛，說了聲：『萬里營，我要到岳父家去。』只聽耳旁一聲風響，睜開眼，已經到了。所以，我沒有起早，身上和鞋子都沒有雪。」

滕公和王、劉二位都聽得入了神，滕公說：「這不可能！就算萬里營跑得快，難道牠還認得路嗎？」

玉郎說：「萬里營是神獸，只要騎上了牠，說要去的地方，牠就知道了。」

滕公聽了，慢慢地品著茶，欲有所思，他想，我這三女婿是種田人，忠厚老實，所說的話絕對不會是假的。他眼珠轉了轉說：「你是個種田人，這萬里營既不能犁田，又不能套車，你要牠有什麼用呢？」

玉郎說：「雖然不能犁田套車，但是要到哪裡去，可就方便了。騎上牠，只要說一聲就是。」

滕公說：「你最遠的就是到我這裡來，也不過三十里，這萬里營跟了你能有多大用處呢？」

玉郎說：「不管用處是大是小，這是朋友送的，我總要珍惜牠才是。朋友還說，這事不能對外人講的，因為牠是無價之寶，人人都想佔有，讓人知道了會招來麻煩。所以，我剛才不願意說，也是不應該說的。可是，你們一定要問，在你們面前，我哪能不說呢？」

滕公和王、劉聽了，面面相覷，都在心裡想，這個窮小子，還有這麼好的寶貝？

滕公一面喝茶，一面盤算著萬里營的事。不一會兒，他來了主意，說：「你聽我說句話好不好？」沒等玉郎答腔，他接著說道：「你是個種田人，要萬里營沒有多大用處，不如有匹馬，既能拉犁，還能套車，要到哪裡，騎上也還方便。你二姐夫是武將，經常跑遠路，有時候要日行千里，夠辛苦的。要是有你這萬里營，想到哪裡，眨眼間也就到了，該多省事。那樣，上司會說他能幹，他高升就容易了。親戚總盼親戚好，你二姐夫要是能當上大官，你也會有好處呀！所以，我想叫你把萬里營與你二姐夫換匹馬，這樣對你、對你二姐夫都有好處。你看行不行呢？」

玉郎聽了，做出為難之狀，其實也是欲擒故縱地說：「您老人家所說雖然好，可是，我不能這樣做。要是這樣換了，朋友若知道，會說我不珍重他送的禮物，我該怎麼交代呢？再說，馬和萬里營怎麼能夠相比，就算我做主換了，你的三女兒也一定不答應啊！」

滕公聽了，仗著自己是三女兒的親生父親，故作惱怒地說：「三丫頭？她敢！這事我做主，就這麼換了。萬里營的確金貴（貴重）些，再給你十兩金子，總不虧你了吧？你那位朋友，你對他說，這是我做的主，諒他也不會怪你！」

玉郎說：「你老人家別發脾氣，就是要換，也要二姐夫自願，你勉強做主怎麼行。再說，這萬里營還是沒長大的幼獸，脾氣古怪得很，又是認主的，不知我二姐夫能不能馴服得了呢！」

劉廣聽了，早在巴望佔有萬里營了，只恨沒辦法弄到手。玉郎說了這樣的話，他喜出望外地說：「只要你肯換，我是求之不得的，哪會不願意呢？我身為武將，再難馴服的坐騎，我也能把牠馴好，你放心好了。就按照老岳父說的，給你一匹馬，加十兩金子，你看怎麼樣？」

滕公說：「今天給我一個面子，總不為過。」

玉郎聽了，十分為難地說道：「這麼好的神獸就換一匹馬，還真有些捨不得。」表現出了一副極不情願又無可奈何的樣子。

滕公生怕玉郎反悔，立刻吩咐：「把你的馬牽來，再拿十兩金子，現在就換了！」

玉郎「極不情願」地鑽進柴堆，將那山麂拉了出來。這山麂見了人亂蹦亂竄，種田人力氣大，一把拉著，牠逃不掉。劉廣見玉郎牽出了活蹦亂跳的小獸來，眼睛笑得瞇成了縫，連忙把馬的韁繩遞給玉郎，雙手來接玉郎拴山麂的葛藤。誰知，劉廣才接到葛藤，那山麂猛地一掙，跑到山上去了。

滕公急得直拍屁股，劉廣也發了呆，連王佳也說：「這可怎麼辦，這可怎麼辦啊！」

玉郎說：「沒有了萬里營，我可怎麼向朋友交代啊！」

滕公責備玉郎說：「跑了能有什麼交代？回去吧！喝口茶再說。」

三、要萬里營蛋

滕公對「萬里營」無故跑了，實在痛惜，想埋怨二女婿，又怕得罪他，再者，埋怨也無濟於事。

於是，滕公索性不講「後話」，反而用爽快的口氣安慰劉廣。但是，總覺得這樣使二女婿兩手空空，於心不忍，又問玉郎說：「你說這萬里營是蛋孵出來的，這蛋在哪裡呢？你那尋寶的朋友什麼時候會來啊？」

玉郎說：「老萬里營的蛋下在深山裡，在什麼地方，我不知道，只有我那朋友他才知道。他要來的話，通常是在春末夏初。今年來不來，我還不清楚。」

滕公說：「你知道他現在在哪裡嗎？」

玉郎說：「我不知道，去年，他臨走時說，今年這裡還有兩顆蛋。只是去年已取了兩顆，老萬里營有了警惕，今年怕更難找了。」停了一下，他又說：「說實在話，我真希望他不要來了。他如果來了，我真沒臉見他。這麼好的萬里營蛋讓牠跑了，我怎麼對得起人？」

滕公聽了，嘆了一口氣，說：「已經跑了，再怎麼說也沒有用。我看，你倒是還要費心，你那朋友來了，還要他給你二姐夫找顆萬里營蛋來，總不能你二姐夫將坐下馬換給了你，他自己落了空啊！」

玉郎說：「這馬還給二姐夫騎，做為武將，他哪能沒有馬呢！」

劉廣怕顯得小氣，故作慷慨地說：「君子一言，駟馬難追。萬里營是在我手裡跑掉了，哪能怪你。我有的是馬，回去換一匹就是了。」

滕公說：「你也別過慮，已經換了，給你的東西都是你的了。只不過，你一定要幫你二姐夫一個忙，幫他弄個萬里營蛋。」

玉郎說：「這萬里營蛋弄得到弄不得到我不敢說，就算弄到了，孵萬里營的苦也難熬得很。我們夫妻倆都是種田人，吃慣了苦，還覺得受不了，二姐夫是當官的，哪吃得了那樣的苦呢？」

劉廣聽了，怕玉郎藉故推辭，趕緊說道：「能苦到什麼樣子呢？」

玉郎說：「孵萬里營，從小暑開始，孵整整七七四十九天才行。在孵的時候，上下各放兩床棉被，人抱著萬里營蛋，日夜不能空床。那可是一年中最炎熱的時候，不是能吃得苦的人，怎麼能孵得出來？去年，珍珍孵白天，我孵晚上。那樣熱的天，用被子捂著，那個苦是什麼樣子，不講你們也會知道。而且，誰想受用孵出來的萬里營，誰就得多孵些時候。誰孵的時間長，萬里營就會對誰服貼。」

劉廣說：「我是行伍出身，這點苦我能受得了。只要能孵出為我所用的萬里營來，吃點苦，受點熱，我能耐得住！」

滕公說：「你二姐夫要是有了萬里營，一定會『腳踏樓梯步步高升』。這件事我就拜託你了，你總不能薄了我的面子吧？」

玉郎說：「能不能弄到萬里營蛋，現在還不敢說。就是弄到了，這代價也不小，不知二姐夫相不相信我？」

劉廣哈哈大笑地說：「出幾個錢為的是買萬里營蛋，這已經是給你找麻煩了，我哪會不相信你呢？今天岳父先借五十兩金子給我，你馬上帶回去，算是訂金。把我的事辦成了，我還會重重地感謝你。」

玉郎說：「二姐夫這麼說，我只能盡力而為了。至於謝我，那就不必了。今天就別帶金子，等尋寶的朋友來了再說。他如果不來，我也沒有辦法。」

滕公說：「金子今天你一定要帶著，你朋友來了，好好招待他；就算是路費，你帶著金子找他去，一定要把這件事辦妥當了才行！」

玉郎顯得勉為其難的樣子，「勉強」接受了劉廣的「訂金」，算是「逼迫成交」了。

今天，滕公破天荒地叫玉郎與大女婿、二女婿在酒席上一起喝酒。酒足飯飽後，三個女婿各自回家，玉郎騎著高頭大馬，帶著黃金，興高采烈地回來了。

四、尋萬里營蛋

宋玉郎騎著劉廣的高頭大馬，帶著六十兩黃金，回到家中。到了家裡，將在岳父家的經過向妻

子珍珍敍述了一遍。珍珍說：「好！他們有幾個錢，實在太輕狂了，耍他幾個用用，也不算罪過。」

滕公自從過了年後，就扳著手指頭算日子。穀雨前的一天，他第一次登上了三女婿宋玉郎的家門。玉郎夫妻殷勤款待。滕公對玉郎說：「我今天來，是催你盡快將萬里營蛋的事落實好。你二姐夫已經催過我好幾次了，大老遠的路，我來一趟不容易，你們要體諒我。」

玉郎說：「我也早就想打聽我朋友的情況了，只怕還有十天半個月他才會來。」

滕公說：「不管怎麼說，你朋友一到，你就要把事情落實好。今年要是落了空，你二姐夫就要怪我了。」

玉郎說：「岳父大人請放心。」

滕公聽了又怕錢不到位，事情難成，於是問道：「大概應該準備多少金子呢？」

玉郎說：「這裡已經有五十兩金子，他若來了，先給他做個訂金，看他怎麼說，到時候我再去告訴您老人家。」

滕公說：「你說個大概的數字，我好叫你二姐夫準備。遲早都是要給的，早點給他，也好叫他給我趕緊辦事。你說個數，下次我就帶給你，這樣我也放心了。」

玉郎說：「到底要多少我也不知道。不過，依他去年那鄭重的樣子，恐怕沒有五百兩金子不行。您老人家和二姐夫說一下，讓他心中有數。如果真的需要的話，我會上門去取，省得您老人家勞累。」

滕公說：「不要緊，我身子骨還算硬朗。」滕公處處為自己的二女婿著想，令玉郎夫妻非常不滿。

玉郎非常氣憤，決定要把這件事「假戲真做」做到底。

只過了十天，滕公又來到玉郎家裡。這一回，他騎了頭毛驢，用黑布包了個大包，裡面裝了五百兩金子。珍珍見老父親這麼認真，心裡懊悔，不該騙老人家辛苦顛簸，焦心煩神，轉而一想，那劉廣太看不起窮人，他的錢用用也無妨！

珍珍想到這裡，把老父親從驢背上扶了下來說：「你老人家這麼性急！現在才過穀雨，萬里營的事還早著呢！」

滕公說：「玉郎呢？」

珍珍說：「那找萬里營蛋的朋友，是昨天才到的。今天早上，他們一起去東山凹了。朋友聽說萬里營換了馬，好一頓埋怨，說玉郎不知輕重。玉郎說，是老岳父做的主張，他也就沒說什麼話了。今天早上他叫玉郎上山去了，說兩三天才能回來。你老人家走累了，就在這裡等候他們吧！」

滕公聽了，坐立不安，只吃了點便飯，說：「丫頭，我馬上回去，告訴妳二姐夫，讓他知道，尋萬里營蛋的朋友來了，好讓他放心。這布包裡是五百兩金子，是買萬里營蛋用的，妳好生保管，我等兩天再來討回信。」說完，跨上驢就走，珍珍留也沒留住。

歇了兩天，滕公又騎著毛驢來到玉郎的家。玉郎見了，遠遠相迎。滕公一見面，就詢問尋萬里營蛋的情況。玉郎說：「昨天，我與朋友從東山凹回來，我本來要朋友等您來，和您說幾句話，好讓您放心。可是，朋友說，在東山凹尋找了一天，一點影子都沒有，必須趁早到崇嶺山去找。這時候正是萬里營活動的季節，一天也不能耽誤，他今天一早就到崇嶺山去了。」

滕公說：「你朋友什麼時候會回來？」

玉郎說：「找不到萬里營的行蹤，就不回來；見到了，很快就會回來的。」滕公聽了，覺得這事很不放心。可是，又問不出個究竟來，心裡惶惶不安。當天雖然在玉郎家裡歇了，總是坐臥不寧。

第二天，滕公回家將這情況告訴了劉廣，劉廣與滕公一起來到玉郎的家裡。玉郎將對岳父說的話再向劉廣重複了一遍，並且將滕公帶來的五百兩金子拿了出來，要劉廣先帶回去，等有了萬里營蛋再拿來不遲。劉廣不肯帶走，他說：「這是買萬里營蛋的，今年如果買不到，明年再買，一定要買到才行！金子就放在你這裡了。」

從此，滕公和劉廣每隔三天、五天就到玉郎家裡來一趟，打聽尋萬里營蛋的情況。到了小暑，他們來得更勤了，幾乎隔一天一趟。玉郎說：「朋友講今年萬里營下蛋比往年遲，他這幾天找得很辛苦，日夜在山上不下來。我去找他，也找不到。」

滕公和劉廣再急，也只好耐著性子等待。

五、孵萬里營蛋

臨近大暑的一天，玉郎在市場上買了一個二十五斤重的大西瓜，擦去表皮，用顏料塗得紅白相間，抱回家來。劉廣來了，玉郎說：「為萬里營蛋，你和岳父都跑苦了，我的腿也跑直了，總算沒有白費力氣，今天我終於把萬里營蛋抱回來了。」說著，將那用顏料塗過的大西瓜指給劉廣看。說：「你看，這個蛋孵出來後將是個公萬里營，比我原來那頭大多了。」

劉廣見了，就要把蛋抱回去。玉郎說：「二姐夫，你別急。這麼抱著走，萬一弄破了，可不是鬧著玩的。」

劉廣聽了，趕緊將「蛋」放了下來說：「我是想快點回家去孵，不這麼抱著可怎麼走呢？」玉郎說：「你先回去做好準備，明天我幫你送去。你和二姐商量好了，誰孵白天，誰孵晚上。這是伏天，是正炎熱的季節，可不能怕熱空了床位。」

劉廣說：「這種熱，我們已經設想過了，一定會熬過去。」說著，急沖沖地回家做準備去了。

宋玉郎知道二姐夫和岳父為萬里營的事已經急得刻不容緩。第二天清早，趁著太陽還沒有升起，就用布袋裝著西瓜冒充萬里營蛋，用馬馱著來到了劉廣的家裡。

劉廣像是辦喜事一樣高興，只是萬里營是無價之寶，不能洩露機密，雖然高興，卻不聲張。玉郎煞有其事地叮囑一番，回家去了。大暑邊的天氣，酷熱難當。劉廣夫婦為了孵萬里營，用棉被墊著、蓋著，與「蒸籠裡的烏龜」無異。

頭幾天，二人他孵過後我來孵，興趣盎然，十多天後，兩人都生了一身的褥瘡，奇癢難耐，而且萬里營蛋也有了異味。二人覺得兆頭不好，怕這是顆亡蛋（壞蛋），滕公叫他們不要胡思亂想，要耐心地熬到第四十九天的期限。於是，劉廣夫婦耐著性子，熬著酷暑，忍著難聞的氣味，挺住遍身的奇癢，一天天地孵下去，他們一定要把心愛的寶貝——小萬里營孵出來。

六、「功虧一簣」

劉廣夫婦孵到三十多天，萬里營蛋已經軟綿綿的，像洩了氣的皮球一樣，難聞的氣味一天比一天濃。好在他們天天抱著它孵，難聞的氣味似乎已成習慣。到了四十五天，白被子已變成了黑被子，萬里營蛋軟得像橡皮泥。本來是抱在懷裡的，現在不能抱了，劉廣夫婦生怕弄破了它，小心翼翼地孵著它。

第四十八天那天，萬里營蛋整個淌了開來，弄得一床都是臭水。劉廣說：「這真是沒有用（沒受精）的亡蛋，快扔了吧！不然真髒死人了！」

正好，滕公也來了，見了這個樣子，也只好默認這是亡蛋了。於是，劉廣夫婦將那墊著萬里營蛋的被子抬到屋後，往一蓬荊棘叢中用力一扔。恰巧，荊棘叢中有一隻兔子正在乘涼，被嚇得逃了出來，飛也似地跑走了。

滕公看著飛跑的兔子直拍屁股，劉廣夫婦也傻了眼。滕公說：「看！這麼好的小萬里營，又給你們弄跑掉了，多麼可惜！」

滕公和劉廣夫婦除了懊悔外，還懇求玉郎的朋友來年再為他們尋一顆萬里營蛋來。玉郎自知，這種騙局不能再玩了，說道：「因為接連兩年都被偷走了蛋，老萬里營已經到別處去了，不會再在這裡產蛋了，我那朋友也不會再來了。」滕公和劉廣聽了，只好搖頭作罷。

萬里營的故事，向人們昭示，有錢人貪心不足，看不起窮人，窮人總會尋找機會挖苦、捉弄他。

20

鼠與貓的由來

一、人類和鼠類

我們這個世界上，本來沒有老鼠這個「人人喊打」的害獸。只是因為吃穀糧的人類，對天然的穀物不能完全利用，上天諸仙看到這種情況，覺得十分可惜。

一天，玉皇大帝召集諸仙議論人間瑣事，諸仙對糧食被蹧蹋的事情各抒己見。末了，玉皇大帝決定派一對老鼠下凡，繁衍生息，專撿人類遺食。這一雄一雌仙鼠來到人間，遵循玉旨，只吃人類遺糧。年深月久，雖然牠們子孫繁盛，然而與人類卻沒有明顯的利害衝突，人類對老鼠也相容不棄。

當時，人們在編排十二生肖的時候，將老鼠編在末尾，即亥鼠。牛為第一，豬為第二，可是，老鼠卻不同意，居然要和牛爭居第一。有一隻像狗一樣大的老鼠與牛一起來到大街上，要人們評比。

人們見到狗一樣的老鼠，十分驚奇，都說：「這隻老鼠真大！」

由於牛本來就是龐然大物，人們見得慣了，誰也不說一個大字。於是，老鼠佔了十二生肖的頭名。牛雖然是人們最要好的朋友，也只得屈居了第二，「與世無爭」的豬排到了末尾，形成了如今十二生肖的順序。可見，當時人們對老鼠實在沒有惡意。

五百年後，鼠類繁衍太多，人們到處都能看到老鼠活動的場面。由於人類並不嫌棄牠們，牠們居然在大白天公然地與人同行，人類撒落的糧食遠遠不能滿足牠們的需求，牠們就公然地食用人們田地裡的糧食。隨著時間的推移，老鼠的數量與日俱增，吃得也越來越多。人們看到自己勞動果實被老鼠吃得太多，覺得糟蹋了，開始驅趕牠們。

但是，人們都有工作，沒有時間驅趕，就用糧倉儲藏糧食。老鼠為了活命，只好偷偷地啃糧倉，日子久了，牙齒也發生了變化：門齒長得非常迅速，有事沒事必須咀嚼，以磨掉長得過快的門牙。這樣一來，人們的器具和衣服都成了老鼠啃食的對象。人們為了防止老鼠損壞自己的東西，使用了各種保護措施，卻都沒有很好的效果，以致鼠害成災，弄得人們防不勝防。人們恨透了老鼠。只要看見了老鼠，就「格殺勿論」。

老鼠被人類逼得不能公開活動，只得鑽進了地洞，住在陰暗潮溼的地方。牠們白天不敢出來覓食，只得在夜晚人們熟睡的時候出來活動。那地洞裡，既骯髒又缺少陽光空氣，惹得跳蚤、病菌滿身。當牠們出來活動時，又將這些跳蚤、病菌帶給了人們，常常帶來大面積的疫情。

人們為了自己的安全，千方百計地消滅老鼠。無奈，牠們都躲藏在地洞裡，人們無論如何努力，都收效不大。

二、道士與狐仙

白峁山的中間有一個峁山觀。觀內道士張天師在觀後用竹籬圍了個院落，年代久了，竹籬上爬滿了青藤，使整個院子籬笆成了一圈綠色的圍牆。院內有菜田、花圃和果園，果園的東側有條溪溝，水二尺來深，清澈見底，終年流淌。

這天下午，張天師到溪溝邊，忽然內急，便撩衣小便。他望著溪水中被小便沖起的尿沫，突然想起，自己快四十歲了，還無子嗣，便對著尿沫發起了情思，張口說道：「我兒我兒慢慢游（他把尿沫當成了兒子），莫被石頭碰了頭。要是遇到生身母，出世莫忘父在瞅。」將盼兒之情盡付諸戲言之中。說著，尿沫順著溪水流出了院籬，看不見了。

白峁山頂上有棵幾百年的古烏桑樹，由於年深日久，樹頂上長了個三尺見方、六尺多深的大洞，一隻已經得道的白狐選中了這個樹洞居住。每個晴天的下午，白狐都變成一個少女，到山邊的溪溝裡洗浴，有時洗得性起，就藉著山觀院籬青藤的掩護，脫得精光赤裸裸地戲水。這天，張天師那漂浮在水中的尿沫，順著溪水流出院籬時，白狐赤裸裸正洗著，那漂來的尿沫正好進入了她的體內。

白狐當時並不在意，可是，自此以後，竟然十月懷胎，生下了一個男孩。她在懷胎時就已經算出，這是白岇道觀張天師的種子。當這小孩生下後，白狐就將孩子送到白岇觀內。張天師見了，也不細問，欣喜地將孩子取名張寔，意即承認是自己的兒子，精心撫養，供學讀書。

張寔畢竟是白狐之子，沾有仙氣，自小就聰明伶俐。科舉考試時，被選中了新科頭名狀元，是年，張寔年僅十七歲。

三、狀元與鼠精

鼠害鬧得人類不寧，無論百姓、官員都十分棘手。為此，皇上命令當朝丞相老扁找滅鼠能人，務必遏制老鼠為害，使天下太平。老扁認為朝中官員中，新科狀元張寔一定能勝任，就報告了皇上。皇上御旨下來，封張寔為「稽戳郎」，專管天下滅鼠之事。於是，張寔設衙辦公，各府、州、縣也都設置了「稽戳官」。

經過多方努力，半年下來，鼠類不那麼猖獗了，但是，與「太平相安」的要求還相差很遠。稽戥官的任務還很繁重。為了鼓勵張寔，皇上申飭他再接再厲，加封他為「稽戥丞」。於是，張寔更加大張旗鼓地深入開展他的「滅鼠事業」。

俗話說：「人有人王，獸有獸精。」這鼠類之精，看著鼠族的命運一天不如一天，很著急，生怕有朝一日，真將鼠族滅盡。鼠精認為，要想解救鼠族，只有害死張寔，於是，鼠精帶著四隻鼠怪，化作一陣狂風，吹進皇宮中來。鼠精一個「餓虎撲食」，將正宮娘娘吞進腹中，自己變成了正宮娘娘的模樣，那四隻鼠怪也吞食了娘娘的貼身宮女，變成宮女，陪伴在鼠精左右。

第二天，早朝才罷，太監急報：「我主萬歲，正宮娘娘胸痛難耐，太醫束手，請皇上急速進宮。」皇上聽報，匆匆來到後宮，見娘娘捂著胸口，臉色慘白，有氣無力地蜷縮在龍床上呻吟。皇上俯身撫摸著她的前額問道：「愛妃，何處不適？」

娘娘面含悲情，聲音悽慘地說道：「皇上，只怕妾身將不久於人世了！」

皇上說：「愛妃何病，說給朕聽，朕一定設法為妳醫治。」

娘娘呻吟了許久，才慢慢地說：「承蒙皇上再三詢問，妾身不能不說。我這個病，一旦發作，無藥可治，必死無疑。」

皇上說：「愛卿何病，要用何藥才行？」

娘娘故弄玄虛，欲言又止，皇上見狀，急切地相問。

娘娘似難以啟齒地說：「皇上，妾身這是胸風痛，只有用四方玲瓏的人心做藥吃了才能活。」

皇上說：「要用人心倒也不難。可是，一定要用四方玲瓏的人心，叫朕何處去尋？」

娘娘又呻吟不止，吞吞吐吐地說：「我因為有這種怪病，早就留心察看過了滿朝的官員。因為四方玲瓏心的人，絕頂聰明，多是在朝中為官。在這許多官員中，只有張寔才有四方玲瓏心。現在，他正受皇上恩寵，只怕皇上難以割捨——唉！皇上，妾身性命休矣！」說完，潸然淚下。

皇上見娘娘悽慘的樣子，咬了咬牙說：「為救愛妃，我叫張寔盡忠就是了。妳且放寬心，好生養病為是。」說完以後，出後宮去了。這鼠精變的「娘娘」，聽了皇上叫張寔盡忠的話，心中大喜。

皇上來到宣政殿，宣張寔晉見。君臣相見，本是常事，張寔施禮後，皇上額外親熱地賜坐，並且用親切、平和的口氣說：「張愛卿，你入朝以來，才華展現，令朕愛之不及呀！」張寔見皇上今天不尋常的舉動，已覺異常，聽了這幾句話，心裡更是吃驚，連忙趴在地上磕頭：「我主萬歲，臣不才無能，致皇上過望，請皇上恕罪！」

皇上居然親自起身，拉著張寔的手，叫張寔平身，這更令張寔惶恐。

皇上說：「朕有一事要與卿商量，萬望愛卿見諒！」

張寔說：「皇上有旨，但請降臣，臣當萬死不辭！」

皇上說：「實是萬不得已，非朕之意——東宮娘娘生一怪病，要用愛卿之心做藥，才能康復。因此，特與愛卿相商。」說著，皇上先流下了眼淚。

張寔聽了，冷靜地思考，君要臣死，臣不得不死，何況為了娘娘治病！於是，跪下奏道：「為救娘娘，臣萬死不辭。但是，臣有一事，願皇上准奏。」

皇上說：「卿有何事，但奏不妨。」

張寔說：「臣年方十七，只知有父，不知有母。在這人世相別之時，懇求聖上恩准，讓微臣回家見父親一面，時間也僅兩天，想來不誤娘娘治病，望聖上開恩。」

皇上也算仁慈，居然准奏。

四、張寔認母

張寔得到皇上的恩准，即刻離開了京城，回到峁山觀會見父親張天師，並且說明是來向父親做「死別」的。

張天師聽了，大吃一驚，說：「你是白峁山頂上的白狐所生。只因為我是道士，執掌著捉妖拿怪之責，白狐是妖怪之列，所以不敢來觀裡與你相認。我念白狐生你有功，多年來未曾為難她。如今，她道行更深，能知一些因果緣由。你遇到這種殺身之禍，應當去白狐那裡，與她相認，向她說明原委，看她能否有辦法救你。」

張寔說：「父親大人，我如何能見得到她呢？」

張天師說：「我給你令符，赦她在世上安然修道，我不再為難她。她見了這張令符，必定歡天喜地。你再以誠心相認，自古『母子連心』，她一定會真心認你。那時，她有多大道行，必定都為你所用。」說著，拿張黃紙，手執道士筆，畫了一紙的墨跡，交給了張寔。

又對張寔說：「你到了那烏榮樹下，跪在地上，雙手將這令符捧著，口喊：『媽媽，孩兒認母來了，還給您帶來了赦妖令。』喊過三遍，她就會來見你。而後，如何認母、如何向她求救，你可以見機行事。」

張寔聽了父親的話，急急地來到山頂烏榮樹下。他按照父親所說，呼喚母親。果然，喊過第三遍，烏榮樹頂上放下一架繩梯，一個中年婦人從繩梯上走了下來。說道：「誰呀？誰是你的母親啊？」

張寔說：「烏榮樹上白狐大仙是我母親，特來相認。」

那婦人說：「我就是白狐，我哪有你這兒子啊？」

張寔一把抓住白狐的前衣襟，跪在她的面前，雙眼淚如泉湧，放聲慟哭道：「母親呀，您十七年前生下孩兒，送到峁山觀裡。我父親張天師把我撫養成人，到如今妳也不來認兒，兒想母親喊天呼地都不應。今天，父親才向我說明，又給了兒的赦妖令符，叫兒前來認母！母親呀，我就是您十七年前生下的那個孩兒張寔呀！」

白狐聽了，抱住張寔，母子倆就地頭碰頭、肩並肩地痛哭起來。白狐說：「不是為娘心狠，只因為你父親專門捉妖拿怪，我不得與他靠近，實在無法相認。娘想你，想得肝腸寸斷，但卻沒有辦法，如今，你父親發了善心，給了令符，實在是我母子的福氣啊！」母子相認的一番情景，真正使人感動。

白狐說：「我兒已是朝中命官，今天由你父親准許認母，其中必有重大緣故。我兒可細細地向我說來。」

於是，張寔將皇上要取他的心做藥，為娘娘治病的事，細細地向白狐說了出來。

張寔說：「孩兒今天認了母親，明天就要進朝獻心，孩兒告別人世之前，有幸認了母親，雖死也能瞑目了！」說罷，大哭起來。

白狐見了，也悲從中來，問道：「娘娘生了何病，居然要吃人心？」

張寔說：「孩兒並不知道娘娘生了何病，只聽皇上說，是一種怪病，要用人心做藥，吃了才能康復。」

白狐說：「我兒不要著急，待為娘算算，看娘娘生了何病，要用人心做藥。」說著，盤腿席地而坐，眼望青天，一言不發。

大約一盞茶工夫，白狐開口說道：「正宮娘娘已遭大難，現在的『娘娘』是鼠精變的。因為你在朝中專管滅鼠之事，鼠精痛恨於你，所以，變成娘娘的模樣，裝作胸口疼痛，要吃你的心。」

張寔聽說，驚愕起來：「有這樣怪事，這可怎麼辦呢？孩兒請求母親，不看孩兒性命，要看皇上江山，為國家安全，消滅鼠精要緊！」

白狐說：「這等大事，為娘只知緣由，無法效力。你即刻回家，求你父親畫張稟書，告知上天，會有奏效。」

於是，張寔含淚告別了白狐母親，來到峁山觀內，向父親張天師敍說了母親所說的情況。張天師說：「難怪皇上這麼狠心，原來如此！」說罷，急取黃紙、筆墨，寫好稟書，來到三岔路口，點燭焚香，父子倆齊刷刷地跪在路旁，向上天稟告。

五、接受指點

張寔與其父張天師在三岔路口焚香稟告，驚動了上天的日遊神。日遊神將稟書呈獻給玉皇大帝。玉皇大帝見了稟書，知道了鼠精在人間作祟，不僅已經吞食了娘娘，又將危及文曲星性命。事態緊急，急差太白金星知喻八路神仙，火速送治鼠之物下凡。

張寔父子跪在三岔路口，正虔誠稟告，突然見東方的路上走來一位跛腳的道人。他衣衫襤褸，拄個枴杖，枴杖上繫一細腰葫蘆，一拐一瘸而來。見這兩人，一著官服，一穿道袍，略一打躬說：

「貧道參見二位，請問虔誠之舉，所為何事？」

張天師見來人雖然衣衫不整，略顯邋遢，然而，出言尚雅，也以禮答道：「本道與犬子遇一難事，無能為力，只好稟告上天。道友欲聞其實，請觀內詳述。」

三人進入白峁觀裡，張天師與跛腳道人敘禮而坐。張寔遂將皇上因為給娘娘治病，要取自己的心做藥的事，向跛腳道人說了。跛腳道人聽了，拍手哂笑了一番，說：「此事易也。待貧道送你畫符，你入朝去見皇上，既可保你性命安全，又能保皇上江山太平！」說過，向張天師借來畫符筆，蘸了些墨汁，在張寔左右手各畫了一隻動物，叫張寔捏緊拳頭，又在張寔胸口畫了一隻，叫張寔用衣服遮嚴。畫完以後，跛腳道人鄭重地囑咐說：「你這兩個拳頭和衣服都不能鬆開，只有見了正宮娘娘，才能鬆拳解衣。」說完，向張寔父子躬身長揖，轉身出宮而去。張天師欲問他的觀址道號，也沒問到。

六、老虎與水獺

張寔聽了跛腳道人的話，半信半疑，但是為了自己性命，就按照跛腳道人的囑咐，扣好衣服，握緊雙拳，告別父親，往京城而來。

張寔為了趕時間，不管道路崎嶇難行，專挑近路而行。當他走進松樹林裡，有一處陡坡，需拽樹攀岩而過。不料，腳下一塊石頭滾動滑落，張寔一個趔趄就要摔倒。情急之下，他伸開右手抓住一棵小樹，才算站住。誰知，這一伸手，手心裡畫的動物竟然竄上山去。張寔伸開右手一看，手心裡已空空如也。張寔心想，這道士的符法真正了得，畫的動物竟然能夠復活！我這樣給放跑了一隻，真不應該！不過，還有兩隻，不能讓牠們再跑了。於是，他小心謹慎地走出了松樹林，準備改走水路，免得山路崎嶇，再有閃失。

這隻從張寔手心裡「撲騰」跑走的動物，後來人們將牠叫做「老虎」。

張寔找了艘小篷船，連夜進京。他坐在船艙內，順水而下。晚上，張寔倚在床上，面對著油燈，心想，天亮以後，我就到京城了。左手總是握著，覺得不自在，不如將拳頭鬆開，看看裡面有什麼東西。在這如箱子似的船艙裡，就算是隻活物，諒牠也不會跑掉。於是，他迎著燈光，伸開左手。不料，只聽得「呼通」一聲，一隻動物竄進船艙，又聽見「撲通」一聲水響，鑽進了大河。張寔很懊悔，三隻符畫的動物已經走掉了兩隻，再不小心，自己的性命就難保了！

這隻鑽進河裡的動物，後來人們叫牠「水獺」。

七、貓與老鼠

第二天的上午，張寔來到京城，到皇宮晉見皇上。皇上已經有些焦急，暗中後悔不該在這個時候讓張寔回家。他見張寔到來，又沒誤期，心中的一塊石頭算是落了地，仍以褒獎的口氣說：「張愛卿，你真是朕的忠臣，朕果然沒有看錯你！」

張寔跪下奏道：「我主萬歲，准許微臣探親，是對微臣的體貼，微臣雖死不忘我主隆恩！獻心為娘娘治病，是微臣應盡之責，微臣深感榮幸。獻心之舉，應當在娘娘面前剜取，也好讓微臣向娘娘表示忠心。」

皇上說：「愛卿所言極是，朕這就陪愛卿去後宮。」說著，皇上擺駕前行，示意太監監視張寔，往後宮而來。

來到後宮，只聽見娘娘在床上「哎喲，痛死我了」不停地呻吟，讓人聽了，覺得實在可憐。

皇上說：「愛妃，張寔獻心來了。」

娘娘聽了，連忙說：「叫張寔別進來，我只是要吃他的心，我不想見他的人。」說著，聲音有些發抖，聽到的人都以為娘娘病篤，其實是張寔帶來了畫符，鎮得這鼠精發抖呢！

可是，張寔已經進入了寢宮，太監拿著剜心的刀子和裝心的盤子，伺候在張寔左右。聽到娘娘此話，張寔急忙跪下口稱：「為了娘娘安康，微臣願獻寸心。」

說著，張寔立刻拉開上衣。在場的人，只聽到「呼啦啦」響聲，從張寔胸口跳出一隻比兔子還大的動物來，徑直撲到床上。在眾目睽睽之下，娘娘突然變成了一隻碩大的老鼠。這隻如兔子的動物，伸出爪子，抓住了這隻碩鼠，又跳下床。「娘娘」的四個貼身宮女，也都變成了稍小的老鼠。這個動物用嘴咬住碩鼠，四隻爪子各抓住一隻小鼠，用嘴一一咬死。當咬到最後一隻，後爪略微鬆動了一點，「呼哧」一聲，一隻小老鼠逃掉了！

這驚心動魄的場面，只是在一瞬間就過去了。皇上見了，嚇得語言聲音變了調，說道：「這貓（麼）呀？」

張寔本來不知道這動物該叫什麼名字，聽皇上說「貓」，就奏上說道：「我主萬歲！這是貓在捉老鼠。這隻大老鼠就是鼠精，吞食了娘娘，變成了她的模樣。假裝胸口疼痛，要吃我這滅鼠臣子的心。牠以為害死了微臣，鼠族就能肆虐無忌了，沒想到我皇洪福齊天，上天送來了神貓，這才消滅了鼠精。以後，有了神貓，鼠就氾濫不起來了。」

皇上經歷了這個場面，又看見了已被咬死的老鼠和在一旁機靈活潑的神「貓」，對張寔的話不由得不信。於是，他定了定神說道：「張愛卿，你真是國家的棟樑，朕的重臣。這禍國殃民的老鼠，居然有鼠精，若不除了，貽害無窮。如今廣布天下，養貓滅鼠，就不再怕老鼠為害了。朕封你為東臺御侍，專管上接天仙、戳滅妖魔鬼怪之職，以確保朕的社稷江山永遠太平！」

張寔聽了，連忙趴在地上，說道：「謝主隆恩！」

如今，我們這個世界上，所以有貓和老鼠並存，有時老鼠還相當猖獗，實在是當時張寔將本來是「貓」的動物，無意中放到了山上和水中，讓牠們變成了「老虎」和「水獺」，致使神貓捕捉鼠精時逃掉了一隻鼠怪的緣故。

21

美人肖像

一、養蟾治蟲

老魏公一輩子除了種糧以外，還種了一園好菜。他種的韭菜和大蔥很特別，真是出了名，是遠近聞名的「三尺長的韭菜和四尺長的蔥」專業戶。老夫婦養了一個兒子，取名叫幾小。在他們撒手西歸時，幾小已經二十二歲，只是家中經濟一直拮据，無法給他成親。

魏幾小為了安葬父母，把家裡的三畝水田賣了兩畝，只留了一畝種點糧食以自給。因而，有了充裕的時間一心一意種植菜園。他每天起早摸黑，忙乎在菜園田裡，把菜種得比父親在世時還好。

種菜不僅是翻地鋤草，治蟲也是很要緊的事，要是稍微大意了一點，辛辛苦苦種的蔬菜，就會被蟲蹧蹋得一團糟。為了治蟲，菜農們想了無數辦法，效果都不理想。魏家種菜已經有些年頭，知道用蟾蜍（癩蛤蟆）捉蟲比什麼辦法都好。那些蟾蜍，捉蟲效果甚至比青蛙都好。青蛙雖然是捉蟲好手，可是牠們太愛動，又喜歡在水裡，菜園裡不容易養得住。在老魏公的時候，就很注意養蟾蜍治蟲，但是還談不上效果卓著。到了魏幾小手裡，他用心收集蟾蜍，並且根據蟾蜍的生活習性，在菜園裡造就了陰涼潮濕的環境，讓蟾蜍能夠在菜園裡安家落戶，繁衍生息。這樣一來，不到兩年，他菜園裡的蟾蜍幾乎佈滿了園裡的空地。因此，他省去了治蟲這套棘手的勞動，而且，滿園的蔬菜都還長得格外青翠。

二、蟾蜍姑娘

魏幾小每天天還沒亮就將新鮮蔬菜採集好，早上到市場上去賣，菜賣過後，就到菜園裡勞動。他三餐吃的都自己燒煮，洗衣漿裳也自己動手，每當勞動回來，任憑是筋疲力盡，還必須操持家務。日復一日，年復一年，雖然煩惱，卻也無奈。魏幾小二十六歲那年，陽春三月的一天，他在園裡勞動得已經累了，就坐到大椿樹下歇息。想起馬上又要做午飯了，於是嘆了口氣說：「一個人，多麼難，做飯洗衣裳；種菜賣菜多辛苦，孤單無趣真惆悵！」

不料，他說了這幾句後，居然聽到一隻蟾蜍「咕咕」地叫了兩聲，像是回答他的說話，又像是在憐憫他的孤獨。這時候還是早春，蟾蜍都還沒有出洞，怎麼會叫了起來呢？他雖然覺得奇怪，可是心裡卻非常高興，因為一貫孤寂的他，此時在園裡說的話，總算是有了回應。

魏幾小在園裡又勞動了一會兒，回家來做午飯。他住的房子，是父母在世時蓋的三間土牆草屋，父母親死後，他就晚上一盞燈，白天一把鎖。每天，他進門第一件事，就是到廚房裡點火做飯。今天，他來到廚房，見灶上熱氣騰騰，還以為早上出門時沒有將灶裡木柴拿掉，溫著了餘柴，而使鍋裡冒起了熱氣。他連忙揭開鍋蓋，發現裡面竟然是香噴噴的米飯和熟菜。他簡直不敢相信自己的眼睛：這是真的嗎？他手拿著鍋蓋，有些不知所措。當他真正冷靜下來後，才確認了這是真實的事情。可是，又不明白是怎麼回事。

他端起鍋裡的熟菜，在一片狐疑中，吃下了這一頓午飯。他知道，自己這房子裡，從來沒有人在自己不在家的時候進來過，何況，大門還鎖得好好的。

「有誰能進我屋幫我燒飯呢？」他百思不得其解。誰知，自此以後，每當他回家吃飯時，鍋裡的飯菜都香噴噴地在那裡了。儘管他莫名其妙，也是天天如此。

端午節的第二天，魏幾小挑著一擔鮮菜上市場去賣。俗話說「過個節，三天歇」，因為那是節後的第一天，菜特別難賣。他一直賣到日到中天，才回家來。進了家門，他想，如果自己燒飯，正是時候了。「這些天，我都有現成的飯菜吃，是誰幫我做的，我何不趁此機會瞧個究竟呢？」於是，他將菜籃放在屋外，自己躡手躡腳地來到屋牆的小窗邊，向灶間偷看。

不看則已，他一看簡直呆了：一位美貌絕倫的姑娘，穿著粉紅色的長裙子，挽著宮字形烏髮，正灶上灶下地忙碌。不一會兒，那姑娘忙完了，不慌不忙地鑽進了一堆漆黑的衣服裡，立刻變成了一隻碩大的蟾蜍。蟾蜍不慌不忙地從後牆的一條裂縫中擠了出去，屋裡變得靜悄悄地沒有一點聲息。

魏幾小自言自語地說：「原來是蟾蜍變成了美人，來幫我做飯！」他開了大門，不慌不忙地進了屋，因為他知道了事情的真相，這一頓飯居然踏踏實實地吃了個痛快。

魏幾小自從知道了蟾蜍姑娘每天為自己做飯的真相後，很長一段時間心安理得地享受著。大約二十天後，他忽然來了靈感，想將蟾蜍姑娘留下，不讓她再變成蟾蜍。他想，「這件事可千萬不能弄砸了，若弄砸了，今後就沒有人為我做飯了！」為此，他在心裡揣摩了好久，認為不會有閃失了，才決定具體施行。

一天，魏幾小上午到園裡時，將門鎖只套在門扣上，並沒有真正的鎖上，以便以最快的速度進入屋裡來。到日當中天的時候，魏幾小提前從園裡回來。他知道蟾蜍姑娘正在做飯，就直衝門口，拿掉門鎖，推開大門，徑直衝到堂前後面。那一堆黑色衣服果然放在那裡，魏幾小急忙將這黑色衣服拿起來，緊緊抓在手裡。

這時，蟾蜍姑娘也來到堂前，看到魏幾小已經將黑衣抓到手裡了，說道：「你把衣服給我。」

魏幾小說：「誰拿了妳的衣服？妳要那衣服幹什麼？妳就像這樣不是很好嗎？」

蟾蜍姑娘說：「我每天為你燒飯，也算辛苦，你何必拿了我的衣服？」

魏幾小說：「姑娘（他不忍心叫她蟾蜍），實話告訴妳吧，妳每天為我燒飯，我真的是很感激。可是，妳這麼美的人，為什麼要穿那黑衣裳呢？從今以後，妳在我家，我做農活，妳做家事，日子會過得更好。」

蟾蜍姑娘說：「不行，我那麼多的族下（同伴）誰來照應？」魏幾小知道，她所說的族下，就是指自己菜園地裡那眾多的蟾蜍，便笑著說：「這事好辦，有我魏幾小，包妳族下安全，而且興旺，妳儘管放心！」

蟾蜍姑娘說：「儘管你十分盡心，還是不行。我那些族下無人管理，很難聚集，要是分散了，難免遭難。我不能在你這裡久住，請你還給我的衣裳。」

魏幾小聽了，心想，任妳講得有十二分道理，我也不會把衣服還給妳。還了衣服，你就變成了蟾蜍，說不定今後連飯也不幫我做了。於是，他說：「妳如果怕妳的族下因為沒有妳的管理而散去，我可以另想好的辦法，確保牠們舒適安逸，不會散開。為防止萬一，我可以將我菜園的四周築起圍牆，既可以保證牠們不會出去，還能保障沒有外來的侵害。如果妳認為妳的族下還有什麼事情要做，妳只管吩咐我去做就行了。這樣，妳能天天與我做伴，也還能照應妳的族下，這叫做兩全其美，不是很好嗎？」

蟾蜍姑娘聽了，默想了片刻，說道：「我為了感謝你善待我們蟾類，才來為你炊煮。可是，人蟾本不同類，我們怎麼能在一起生活呢？你還是將衣服還我，讓我回去，今後我還會來為你做飯。」

魏幾小聽了，覺得不把心裡的話說給她聽，看來她是不肯甘休的。於是說道：「我的美人，我已經覬視妳多時了。實話告訴妳，今天我要和妳相見，也是我多日的籌劃。不管是人類或蟾類，我喜歡的就是妳這個人。現在，妳已經在我的面前了，任憑妳有什麼大的事情，我都可以為妳去辦。可是，妳想再回到妳那蟾族裡去，那可萬萬不能！今天，妳要是走了，我也不想活了！」說著，兩眼直勾勾地望著蟾蜍姑娘，希望她能發發慈悲之心。

蟾蜍姑娘聽了，知道自己已經被這位漢子纏住，愛意亦深，想走已不可能了。於是改了口氣說：「幾小，你要我與你住在一起，可是，你一定要聽我的話，要盡力保護好我的蟾族。這麼多年來，我們蟾族不能沒有你！」言下之意，為了蟾族，她可以陪伴魏幾小了。

魏幾小忙說：「美人，我一定聽妳的話，妳放心好了！」

蟾蜍姑娘說：「我現在算是答應和你在一起了，你不要美人、美人的不離口，你以後叫我嫦舒就是了。」

魏幾小聽了喜不自禁，一把摟住嫦舒，親了又親。

嫦舒說：「你這個人，真不自律，大白天的，成什麼樣子？」

魏幾小自知已經失態，羞澀地向嫦舒笑笑，沒有出聲。

三、美人肖像

從此以後，魏幾小每當到園裡勞動，總惦記著嫦舒。只要一個時辰看不到她，就心急火燎，難受極了。為了兌現他向嫦舒說的話而築的園牆（不讓她的蟾族外走，避免外來的傷害），本來三天就能築好，因為老是惦記著嫦舒，每當築一會兒，就跑回來看看，已經築了七天，還沒築到一半。

嫦舒有時候也到菜園裡看看，見到這種情況，對魏幾小說：「幾小，你總是不安心幹活，回家來做什麼呢？」

魏幾小說：「嫦舒，不知道怎麼搞的，我只要一刻看不見妳，心裡就難受得不得了，一定要回來看看妳，才能安心。」

嫦舒說：「你這沒出息的樣子，這可怎麼行呢？你跑回來，不就是看一眼，會有什麼用，我又不會跑了？」

魏幾小聽了說：「嫦舒，妳說得真對，我是不應該總是跑回來看妳的。從現在起，我一定安心工作。」說著，就又往菜園裡去了。

他這一回，在菜園裡也只勞動了一個多時辰，又神使鬼差地回來了。嫦舒見他這個樣子，心想，不讓他回來是免不了，得想個辦法，才能解決問題。

這天吃午飯時候，嫦舒對魏幾小說：「你總是說一會兒看不到我就心裡難受，不安心幹活，這可不成呀！這樣吧！你去找個畫師來，把我的像畫出來，你帶著去工作。要是想我了，看一看畫像，就像看到了我本人一樣，省得總往家裡跑。你那園子再不好好打理，就要荒蕪了！」

魏幾小聽了，覺得嫦舒說的辦法很好，就遍訪畫師。皇天不負苦心人，不久，他居然請到了一流的畫師，將嫦舒的肖像唯妙唯肖地畫了出來。魏幾小將嫦舒的肖像裝裱起來，懸在一根棍子上。到了菜園裡，就把它插在田頭，勞動時，不時地向畫像望望。果然沒錯，他居然能在田地裡一勞動就是半天，只有到了吃飯的時候才回家來，再也不中途往回跑了。

不久，園裡被他治理得井井有條。

四、颶風捲走了肖像

六月的一天，魏幾小吃過午飯才到園裡，突然天上烏雲翻滾，起了陣颶風，將他插在地頭的嫦舒肖像給捲跑了。急得魏幾小跟著肖像跑了好一陣子，可是，那肖像被颶風越捲越遠，魏幾小怎麼也追不上，只好眼睜睜地望著肖像被捲得無影無蹤。

這張肖像直飛到一百二十里遠的黃山街上落了下來。當時，皇上正在這裡避暑，隨行官員滿街皆是。這張肖像被當值的太監撿到了，他看了肖像，簡直不敢相信這世上會有這樣的美人。他捨不得扔掉，就把它帶回了皇上的行宮。

皇上見了畫像，直看得兩眼發呆。許久，他問太監說：「這張畫像是從哪裡來的？」太監說：「是我在大街上撿的，也不知道是從什麼地方來的。」

於是，皇上對太監說：「你叫當地的巡按過來，我有聖旨下達！」

太監慌忙找來巡按大人。

皇上說：「愛卿是當地巡按，應當知道當地事情，可知道這位美人在哪裡？」

巡按大人將肖像看了又看，心想，這位美人真的是地上沒有，天上無雙，難怪萬歲爺這麼重視。於是，跪下奏道：「我主萬歲，微臣陋見寡聞，這樣的美人，沒有見過，實在不知道她在哪裡。」

皇上說：「現在朕命你設法將這位美人找到。」

巡按大人聽了，只好磕頭說：「臣領旨，謝主隆恩！」說過，滿腹心事地退出，不知道怎樣才能找到這位美人。

巡按大人急忙召見屯溪道臺，商量如何完成萬歲爺下達的旨意。

屯溪道臺素稱「智囊」，有著很多的妙計，聽了這話，說：「今天大風異常猛烈，這美人肖像肯定是大風捲來的。可是從什麼地方捲來的，難說得很，我看，只有在我們江南地方大張旗鼓地開辦物資交流市場，到時候市場上會有繁多的貨品交流，因此往來的人也會很多，場面自然熱鬧得很。大凡美人都愛熱鬧，到時候，這位美人自然會來觀看。大人，您將美人肖像多多複製，再派親兵在各市場入口處逐一對照，或許能夠找到。除此辦法以外，恐怕難找得很！」

巡按大人聽了道臺的建議，認為用這辦法對商家、百姓都有利益，國家能收些厘金（稅款），還能完成尋找美人的使命，實在是上上良策。於是他下令蕪湖、宣州、池州和屯溪道臺，在他們管轄的範圍內，即日開始，開辦物資交流市場。同時，將自己的親兵，派往每個市場，名義是維持秩序，其實是在查找美人。截止時間由巡按大人另行決定，其實是找不到美人，就要一直開辦下去。於是，江南的各州、府、縣，乃至大的集鎮，幾天之內都陸續辦起了物資交流市場。商家們把多年的存貨和從各管道進回來的時新貨物，都聚集到市場裡來。這樣，市場裡貨物種類繁多，堆積如山，來買貨看貨的人也是人山人海。先來過的人回去後，將這消息告訴還沒有來的人，沒有來的人都爭先恐後地往市場上跑。他們之中許多人並沒有多少錢，也不想買什麼東西。可是，這麼大的場面，許多人從來沒有見過，都要來看個新鮮熱鬧。消息一天天傳開，到市場來的人也一天比一天多。

魏幾小自從被大風捲走了嫦舒的肖像後，心裡悶悶不樂。嫦舒安慰他說：「我和你在一起已經這麼長時間了，難道你還必須時時刻刻望著我才行嗎？你不見了那張畫子，也省掉了每天把它拿進拿出的麻煩。」

嫦舒的話雖然這麼說，可是心裡卻也好像有了異常的不祥感覺。肖像失去後的第二天中午，嫦舒對魏幾小說：「幾小，我說句話給你聽，你可要記著啊！」

幾小見她說得鄭重，認真地問道：「是什麼話？」

嫦舒說：「這畫像被風捲走，好像有些蹊蹺，我們要做最壞的打算。有朝一日，我們要是被拆散了，現在就要做個見面的約定。你種的三尺長的韭菜和四尺長的蔥，是你唯一的特長，別人種不出來。這三尺長的韭菜和四尺長的蔥，就是我們萬一被拆散後再會面的聯繫信號。具體如何聯繫，到時候要見機行事！」

魏幾小說：「我們在一起好好的，為什麼要拆散呢？」

嫦舒說：「我只是這麼說說，以防萬一。」

魏幾小說：「無論如何我們也不要分開！」

嫦舒嘆了口氣，說：「但願能夠太平無事！」

魏幾小所在的地方，也在大張旗鼓地操辦著交流市場。魏幾小每天從街上回來，總要把市場上的最新消息帶給嫦舒。頭幾天，嫦舒聽了還無動於衷，到了第十二天，交流市場人山人海、貨物奇多、價格低廉，更是比前幾天轟動。魏幾小又繪聲繪影地將市場的盛況講給嫦舒聽了，嫦舒說：「這麼大的場面，我明天也去見識見識。」

魏幾小說：「那好，我明天不賣菜了，專門陪妳去逛市場。」

第二天，他們吃過早飯，打扮一新，一前一後相伴著來到鎮上。他們在鎮上交流市場的入口處遭到了衛兵的盤查。衛兵們先將魏幾小帶到他們的公署，問明他的姓名、住址和年齡、職業後，就將他放了。可是，他回頭來找嫦舒時，卻沒有了她的人影。交流市場上人海茫茫，魏幾小費了九牛二虎之力，找遍了市場的每一個角落，都沒有嫦舒的影子。中午過了，又到了下午，他已經找得暈頭轉向，沒吃午飯，也不知道飢餓。眼見市場上的人漸漸少了，他還是在急切地尋找。又一個時辰過去了，有些商家開始收鋪，市場上已經是門可羅雀了。可是，仍然沒有嫦舒的蹤影，魏幾小感到大禍臨頭，居然在市場上失態痛哭起來。

一位當地的老伯見了，問他為何痛哭，魏幾小告訴了他的原委。那老伯說：「你回去吧！不用找了，這個人已經有了她的去處。你就是把這市場裡的塵土再篩一遍，也找不到她了。」

魏幾小聽這老伯的話，似乎知道嫦舒的下落，就哀求老伯說：「老伯伯，您老人家行行好，她到哪裡去了，求您老人家告訴我吧！」

老伯說：「小伙子，聽我的話，回去吧！她到哪裡去了，我也不知道。不過，很快你會知道她的下落。」

魏幾小聽了老伯的話，只好失魂落魄地回到家中來。從這天起，魏幾小菜也不種，市場也不上了，整天待在家裡，苦悶得茶飯不思。

五、湊巧，當上了皇上

巡按大人將嫦舒找到後的第三天，就命令各地關閉了交流市場。

嫦舒被帶到皇上的行宮，皇上見了這樣的美人，眼睛笑得瞇成了一條縫，立刻加封巡按大人為一品大員。

嫦舒來到這裡，整日愁眉不展，皇帝向她求歡，她說：「賤身今日被兵丁唬嚇，很不自在。請皇上容賤身稍微休養兩天，才好伺候皇上。」

皇上聽了說：「美人所言極是。」說著，打發太監將嫦舒扶到後宮休息去了。

兩天過後，皇上來到後宮，要找嫦舒娛樂。嫦舒說：「賤身在家身體一向尚好，有時偶感風寒，吃點三尺長的韭菜，或者四尺長的蔥也就好了。來到這裡，身體不適，已經兩三天了。不僅不見好轉，反而愈覺沉重。請皇上為我弄點三尺長的韭菜，或者四尺長的蔥來吃，讓我早點康復。」

皇上心想，這韭菜和蔥，都是普通蔬菜，還不容易。於是，馬上答應著說：「朕立即派人去辦。」接著從後宮出來，立即叫人去買三尺長的韭菜和四尺長的蔥來。可是，這位皇上哪裡知道，這三尺長的韭菜和四尺長的蔥，世上只有魏幾小才能種得出來。

執事太監領了皇上的旨意，到菜市上來買三尺長的韭菜和四尺長的蔥，尋遍了整個市場也沒找到。向人們打聽，大家都說，這是奇貨，我們沒有。執事太監將這情況報告了皇上，皇上又叫巡按大人去辦。巡按大人經過調查，發現只有魏幾小才有這種貨，就讓下屬直接通知魏幾小，盡快將三尺長的韭菜和四尺長的蔥送到行宮裡來。

魏幾小接到送三尺長的韭菜和四尺長的蔥去皇宮的命令，心裡一陣竊喜。因為，早先嫦舒已經說過，如果二人不幸被拆散，「三尺長的韭菜和四尺長的蔥」就是聯繫信號。於是，他採來一擔韭菜和蔥，還帶著蓑衣和笠帽（因為正是夏天，暴雨會忽然而至），坐著官家的馬車，由士兵護送，往黃山而來。

一百二十里路，從子夜出發，當天下午就趕到了。

果然，馬車到了行宮外面，天就下起了大雨，士兵叫魏幾小下車，說：「你挑著菜擔子進去吧！裡面會有人接待你。」魏幾小只好穿上蓑衣，戴著笠帽，挑上菜擔，往皇宮裡來。

皇宮門口有衛兵把守，衛兵們叫魏幾小在外面等候，由他們通報以後，才能進去。

這時，皇上正在後宮，急切地要與嫦舒尋歡作樂。太監報告說：「送三尺長韭菜和四尺長蔥的那個人來了，在宮門外等待傳喚。」

嫦舒聽了，立即喜笑顏開，沒等皇上開口，就發話說：「傳皇上的旨意，快叫那人進宮來。」

皇上為了討好嫦舒，跟著說：「還愣著幹什麼？快傳那人進宮！」

魏幾小聽見傳喚，立刻挑著菜擔進到皇宮裡來。

嫦舒也格外親熱地挽著皇上胳膊，從後宮走到前面來，正好和挑菜擔進宮的魏幾小迎面相遇。

魏幾小見前呼後擁地來了許多人，放下了擔子，想等這班人走過去了再往裡走。而嫦舒看見魏幾小穿蓑衣戴笠帽來了，心裡一陣狂喜，手舞足蹈地對皇上說：「我主萬歲，你看這賣菜的人，身穿毛衣，頭戴大帽，多麼威武雄壯，要是我皇能穿戴這樣的衣帽，該是多麼英姿颯爽！」

皇上聽了，心想，只要我穿戴那樣的衣帽，妳就會開心，這有何難。於是傳旨道：「叫那賣菜的人將他的衣帽脫下給朕穿戴。」太監連忙來找魏幾小，要脫他身上的蓑衣、笠帽。

魏幾小說：「那可不行，沒有這衣帽，我怎麼出門（是說外面正在下雨）呀？」執意不肯脫下。太監報告了皇上，嫦舒聽了用嬌滴滴的聲音對皇上說：「皇上，將你身上的衣帽與他身上衣帽交換，他就肯了。」

皇上說：「好吧！就這麼辦！」於是，將魏幾小叫到面前，對他說：「你身上衣帽不值什麼錢，我身上可是龍袍龍冠，我們換了吧！」

魏幾小心想，這是做什麼呀？龍袍龍冠要換我蓑衣笠帽？嫦舒見魏幾小傻愣著，大聲說道：

「龍袍換你毛衣，還傻愣著幹什麼？」

這一聲大嚷，魏幾小才看清楚了，眼前這位鳳冠蓋頂、錦衣罩身的貴婦人，就是他日夜想念的嫦舒！他幾乎不能自制，險些喊了出來。但是，在這種場合中，他還是克制了下來。他知道，嫦舒所說，被拆散以後再次見面，要見機行事，便說道：「好，換就換吧！」

皇上和魏幾小換好衣帽，就情不自禁地來調戲嫦舒。嫦舒正色喝道：「大膽奴才，竟敢調戲娘娘！來人，快將這奴才推到宮門外斬首！」

門外的武士們聽見呼喚，不瞭解情況，也不管皇上爭辯與掙扎，就將這個穿毛衣的人推出去斬了。那些貼身太監和宮女，親眼見了這麼大的變故，都嚇得渾身發抖，誰也不敢吱聲。

第二天，這些貼身的太監和宮女們都被禁錮了起來。

從此，魏幾小做起了皇帝。

這個故事就這麼結束了，後來，人們根據故事內容，編了四句話說：「魏幾小，涉事大，因為蓑衣得天下；為人貧賤不可欺，佔人妻子失天下！」

22 神助姻緣

周永夫婦，一輩子就生了一個女兒，愛若掌上明珠。這姑娘養到談婚論嫁時，出脫得如花似玉，上門求親的絡繹不絕。可是，由於周永夫妻和姑娘意見不一，前來說親的人一個也沒成功。

周永說：「我們一輩子就只有這麼一個寶貝女兒，一定要找一個如意的郎君，女兒才能終生無虞，我們才能老有所靠。」

所謂如意的人，周永認為，自己一生忠厚老實，沒有本領，時時受人欺負。女婿應當身懷武藝，才不至於像自己一樣碌碌無為，或者還能出人頭地。

其妻認為，世上只有念書識字的人前途遠大，選女婿應當選文才較高的青年，女兒今後才有好日子過。可是，姑娘自己已經相中了本村一位憨厚的農民後生，名叫四毛。她說，這小伙子聰明能幹，待人厚道，嫁了他絕對沒有苦吃。

各執己見的三人，經過幾次較量，終於統一了意見：將自己如意的人選找來，經過競選，落實女婿。

八月的一天，三個如意的人都找齊了：周永找的是一位武藝高強的射手，其妻約來的是很有名氣的讀書人，而姑娘自己叫來的卻是本村老實巴交的四毛。

當天晚上，周永對這三個人說：「今天約你們三個人來，是要憑你們個人本事，來贏得我女兒的青睞。你——」

周永指著射手說：「你武藝高超，會射羽箭，我屋西邊有一棵高大的楊樹，你去將樹上的葉子全部射下來，但是不要傷及了樹枝。你——」

周永又指著讀書人說：「你很會寫文章，給我寫一百篇文章來。只要能自圓其說，就算一篇。你——」

他指了指四毛說：「你是種田人，能吃苦，到南京城外，將人們常說的神鼓背回來。俗話說，『神鼓三聲響，天下雞都鳴。』只要你的鼓響三聲，能把雞喚得鳴叫起來，就算是神鼓。」

他佈置了這些，又說起「奪冠」的條件：「從現在起，你們三人各去做各的事，誰先做成了，誰就是我的女婿。你們記著，這裡講究的是時間，誰先辦到了，我們就選誰了。」周永心想，寫一百篇文章，談何容易？去背神鼓，誰知道神鼓在什麼地方？只有箭射楊樹葉快得很，這個射手一定是我的女婿了！

只見會武的彎弓射箭，朝著樹上射去，樹葉紛紛而下；讀書人磨墨展紙，奮筆疾書，洋洋灑灑才如泉湧；四毛赤腳穿了草鞋，捲起褲管，往南京方向跑去。一場爭奪美人為妻的「戰鬥」就這樣開始了。

四毛跑了大約一個時辰，想想自己此舉有些荒唐：南京城外周圍上百里的地方，叫我上哪裡去找神鼓？

這時，正好路旁有座土地廟，廟門口有個小石墩，他就在這石墩上坐下了，想休息一會兒再說。不料，因為這一個時辰走得急了，有些疲勞，竟然靠在土地廟的牆上睡著了。

當他一覺醒來，自己也不知道是什麼時間了，正想起身再走，不料屁股底下那塊石墩，竟然變成了一面大鼓。

他一陣狂喜，說：「我將它背回去，就說這是神鼓。」

此時，射箭的那樹上的葉子已所剩無幾，眼見大功告成；書生也在紙上得意洋洋地寫道：「箭射樹葉月偏西，神鼓不知在哪裡；我一百篇文章做了九十九，一盞茶之後就是我的妻！」

正當這兩人慶幸大功就要告成之時，忽然聽到「咚咚咚」三聲鼓響，緊接著全村公雞都跟著「喔喔喔」地啼叫了起來。射箭的、寫字的都停了下來，抱怨自己「功虧一簣」，只好做了競爭的失敗者。

周永的女兒終於得到了如意郎君，興高采烈，人們都說，四毛能背來神鼓，結成了美滿姻緣，其實是神靈幫助的。不然，就算四毛有時間去找，又怎能知道神鼓在哪裡呢？

23 棋迷遇仙記

老虎山下有一個村莊叫俞村蕩，村上有個人叫俞不虧。當時，俞不虧一家有七口人，妻子、三個兒女、一個弟弟、一個妹妹。全家人的生活，靠著祖上一點微薄田產，在田中求食。雖然辛辛苦苦，清貧的日子過得還算自在。俞不虧本來叫俞青楊，他別無所好，只是喜歡下象棋，無論自己與人對弈，還是看到別人酣戰，都興致勃勃。他勝利了，總說：「湊巧！湊巧！」每當動錯了棋子，或者是敗下陣來，他總說：「不虧，不虧，吃一塹，長一智嘛！」不知什麼原因，他下棋時總是贏得少，輸得多，他也就常常說「不虧，不虧」。時間長了，人們都叫他「俞不虧」。

他三十一歲那年，兒子一個八歲、一個十歲，女兒五歲，弟弟俞青松二十二歲，還在讀書求學；妹妹十九歲了，在家守閨待字。這一年的初春，俞不虧上山砍柴。那天他吃過早飯，帶著柴刀，背

著扁擔、鉤索往老虎山上而來。經過自己家的長溝時，柳樹剛剛結苞，他順手摘了一把柳芽，邊走邊聞，一股清香的氣味沁人心脾。他聞了又聞，捨不得丟掉，就將柳芽揣進荷包，準備砍柴砍累了的時候拿出來，放嘴裡嚼嚼，既能解渴，又能清神。

俞不虧順著上山的羊腸小徑往山頂上走，他要翻過山頂到山那邊砍一擔好柴回來。當經過山腰的青猿洞時，看見洞口開了幾朵蘭草花，開得異樣茂盛，讓俞不虧忍不住彎腰去採摘。當他向前走了幾步，正待伸手去採時，卻看到洞裡有兩個人正聚精會神地在石桌上下象棋。俞不虧心想，這兩人真圖清雅，到這麼僻靜的地方下棋，恐怕是怕別人多言，特意躲到這裡來的吧？

俞不虧這個棋迷，見了這樣的事，哪能不看個究竟。於是，他花也不採，也不急著去砍柴了，索性把肩上的扁擔、鉤索，往洞口一靠，來到洞內，一言不發、專心地看這二人下棋。

這二人下棋不慌不忙，似乎是不深思熟慮後不肯動棋子。石桌上擺著一個工藝品，是一隻會自動旋轉的公雞，旁邊還放著幾顆鮮桃。（俞不虧只顧看棋，也不想想，這才是早春，怎麼會有蘭花和鮮桃？）看著看著，覺得腹中飢渴，當地有「能瞎吃的，不能瞎講的」習俗，特別像桃子這一類的瓜果，不管是誰的，都可以隨便拿著吃。俞不虧隨手拿了一顆擺放在一邊的仙桃，啃了起來。

過了一段時間，這盤棋已經見勝負了。俞不虧想，時間不早，我應該要去砍柴了。他正起身出洞，那輸棋的人看了一下公雞說：「這一盤棋，我們只下了兩百年，下次換個地方再比輸贏吧！」

另一個說：「再比你也難贏，東斗大仙！」

輸棋的人又說：「我們下次到東嶽去，一千兩百年後再會。我這公雞轉一圈就是一年，也只是一千兩百轉。你去西陽場，料理了事務，就速去東嶽，我先去那裡等你。西斗大仙，下一次，我一定要勝了你！」

俞不虧聽了自覺好笑，這兩人真有意思，只這麼點時間卻說兩百年，還東斗、西斗的稱神仙，更是胡說八道！

俞不虧想著笑著，來到洞門口，想拿扁擔、鉤索去砍柴。偌大的洞門，被樹遮藤結，密封住了，他鑽出洞外，只見參天的古樹，羅織的老藤，弄得遮天蔽日，雖是白天，卻不見陽光。他找扁擔、鉤索，哪有影子——放扁擔、鉤索的地方，已經爬滿了老藤。他不覺膽怯：今天怎麼了？我只看了一會兒象棋，洞外竟有這麼大的變化？他只好不砍柴了，尋原路回家去。

他仔細尋找下山的路，可是，哪裡去尋？他只能憑記憶向來的方向走去。穿過密林，總算來到了山腳下。他早上來的時候，那小澗溝要用力才能跨過，現在已經建起了小石橋。他往回家的路走，也都變了樣。來到自己家的長溝邊，早上看見的柳樹，現在已經沒有了，只留下幾株碩大的老樹椿。

他來到村子，村子完全變了樣：原來稀稀落落的住房，現在卻是擠得密密麻麻的人家，自己的家在哪裡，也完全認不得了。

他見人們穿著打扮別具一格，覺得異樣；人們見他年紀不大，卻穿著古老的衣服，覺得新奇。很快，圍了一大群人。他向人們打聽「俞不虧的家在哪裡？」人們都搖搖頭說不知道；他問俞青松的家，其中一位年紀稍大的人說：「你是誰呀？怎麼問起我的老祖宗來了？」

俞不虧說：「什麼老祖宗呀？他是我的弟弟。」

人們驚詫起來，問道：「你是哪裡人，怎麼你弟弟也叫俞青松？」

俞不虧說：「我是俞村蕩的人，這裡不就是俞村蕩嗎？」

圍觀的人上下左右打量著俞不虧說：「看你這人年紀不大，卻穿著老派衣賞，說起話來也不著邊際。俞村蕩只有一個俞青松，是兩百年前的縣太爺，也是我們俞家有名的老祖宗。除了他以外，再也沒有第二個叫俞青松的了！怎麼會是你的弟弟？你真是信口雌黃！要不然，就是到我們村裡來戲耍我們，真正可惡！」許多年輕人都說，要狠狠揍他一頓，給他一個教訓。於是，湧上前來，就要動手毆打俞不虧。

俞不虧見狀，慌了起來，急忙說：「各位且慢，聽我把話講清楚。」於是，他講出了自己「今天」的經過。

俞村蕩的村民聽著俞不虧的敍述，再對照村上的傳言，人們不由得不相信了：早年老年人都說，俞青松的大哥上山砍柴，一直沒有回來，是死是活沒人知道。現在面前這人就是他，真是「大千世界，無奇不有！」於是，村子沸騰了。此時，有人將俞不虧的後代找來，陸陸續續來了二十多人。年齡最長的叫俞維新，也已經是七十多歲的老人了，算起來，還是俞不虧的重孫子呢！

原來，俞不虧遇到下象棋的人，正是東斗星和西斗星兩位神仙。東斗星管著日出，那桌上不停旋轉的公雞，就是祂記年的衡器。那公雞每轉一圈，便是人世間的一年。祂們一盤棋下了兩百年，那公雞也就只轉了兩百圈。俞不虧在那裡看著，自覺只是個把時辰。當時，他覺得腹中飢渴，吃了神仙的一個新鮮桃子，以後就不覺得餓了。

俞不虧遇到了神仙，自己渾然不知，在恍惚中度過了兩百年的光陰，還以為只是一瞬間呢！

自從有了俞不虧的奇遇後，人世間就有了「山中方七日，世上已千年」的說法。

24

報應

一、張小三做賊

張小三家貧，夫妻二人，養育兩個孩子，住著三間草房，生活來源就靠小三給人打工。到了冬天請工的少了，就上山打柴，賣了買米度日。

這一年臨近除夕，雪總是下個不停，小三不能上山打柴，家中也就斷了生活來源，求東家，借西家，勉強度日。

除夕這天，更是風猛雪狂，小三家冷得像冰窖，全家人只是早上喝了點稀粥，現在是下午，外面已經是「爆竹聲聲辭舊歲」了，可是，小三家還沒有做年夜飯的米。兩個嗷嗷待哺的孩子，中午雖然喝了點米粥，晚上吃什麼呢？妻子像是自言自語地對小三說：「這大過年，人家大魚大肉的，我們卻連米也沒有，這可怎麼辦啊？」小三聽了，默默無語，轉身去臥室拿了一條布袋，往腰間一圍，無精打采地出了家門。

小三出了家門，毫無主張，心想，我該到哪裡去呢？他像夢遊人一樣，冒著大雪，順著大道往南走。走了半個時辰，他來到了王大話的礱坊門口。礱坊的院門和大門都敞開著，偌大的院子裡，雪白一片，連個腳印也沒有；礱坊裡面黑漆漆的，更沒有人影。礱坊是生產大米的地方，小三心想，就到這裡面弄點米回家去吧！於是，他趁此機會，抖掉身上的雪，溜進礱坊裡來。

進到裡面，小三見稻籮、畚箕、掃帚等工具橫七豎八地到處扔著，像是正在生產的樣子，成堆的白米屯在地上，像雪一樣白。小三心想，拿幾斤就行，天一晴我就能上山打柴了。轉而一想，這是別人的，我要是拿了就走，不就是做賊嗎？既是做賊，一定要等到天黑以後才行。想到這裡，從沒做過賊的小三，心虛了，戰戰兢兢地找了個旮旯藏了起來。

王大話生性樂觀，與人講話專挑體面的大話講，因此人們送他的綽號，叫他「王大話」。人們叫他的綽號，他也爽快地答應，久而久之，他的本名叫什麼，竟無人提起。家中除了種田以外，他還開了一個礱坊。每到臘月，礱坊就忙著做臘米，越到年關，越是繁忙。除夕的上午，他們父子幾個還在忙碌。午飯一吃，負責生產的年輕人連工具也不收拾，就都急著過年去了。一家之長的王大話，在這年頭歲尾的時候，整理家雜器具已是慣例。剛才他整理了住房，現在到磨坊裡來拾掇。

張小三見王大話到磨坊裡來了，嚇得不知如何是好。恰好，他面前有兩個空著的稻籮，小三躲進一個空籮裡，用另一個空籮扣在頭上，將籮的挑繩抓在手裡。王大話來到磨坊裡，見了這零亂的樣子，說：「這些孩子過年真要緊，連自己用的東西也不整理，就都跑了。」

說著，逐一地拾掇起來。當拾掇到張小三躲藏的旮旯裡，見兩個稻籮一上一下地合在一起，說：「這是什麼名堂，把兩個籮合在一起做什麼啊？」說著，伸手去拿上面那個，竟然拿不動。王大話說：「搞什麼呀？怎麼這麼重呀！」他用力一掀，兩個籮卻滾了開來，被嚇得昏頭昏腦的張小三，從籮裡滾了出來。

王大話見了，知道是個賊，也不說話，抓著張小三肩膀，拎了一把，張小三也就站了起來。王大話牽著張小三的前衣襬，將他牽進了院子，又牽進了飯廳。王大話並沒用力，張小三要是機靈一點，早掙脫跑了。可是他老實巴交，卻乖乖地被王大話「牽」到了飯廳裡。王大話把張小三放在飯廳內，還是沒有說話，轉過身來，順手帶上門，走了。

張小三被「關」（其實門並沒上鎖）在這裡，早嚇得魂不附體的他，更是害怕異常，心想，看來一頓毒打是免不了啦！

不一會兒，王大話的大兒媳從灶間端來一大碗黃澄澄的鍋巴，一大鍋滾燙的肉湯和爛熟的豬肉，對張小三說：「我公公叫你把這些吃了。」說完，回她的灶屋裡去了。因為今天是大年三十，王大話家燒魚燉肉，早忙開了，這肉和肉湯是現成的。

張小三此時早已飢腸轆轆，又冷得難受，見到這香脆的鍋巴和鮮美的肉和湯，不由得流了口水。可是想到馬上就要遭受毒打了，卻怎麼也不敢吃。他站在飯廳的一角，看著那肉湯鍋裡飄起來的熱氣，以及這熱氣送來的肉香，恐懼的心理壓抑了飢餓的慾望。

王大話推門進來，見送來的食物還原封沒動地放著。說道：「吃呀，你怎麼不吃呀？要是我兒子們回來知道了，不剝了你的皮才怪呢！」張小三聽了，越發不敢吃。王大話一再催促，張小三想，吃就吃吧！吃了挨打總比餓著肚子挨打好。他這樣想著，便仗著膽子，將這鍋巴和肉及湯，狼吞虎嚥地吃了下去。

王大話看著張小三吃過以後，對他說：「你跟我來。」說著，王大話上前，張小三跟在他後面，又來到礱坊裡。

當走到院子裡，張小三還在想，這是要把我帶到礱坊裡打，心裡害怕得幾乎亂了方寸，走路也六神無主起來。

到了磚坊裡，王大話指著一個布袋說：「這是五十斤米、兩刀鹹肉、兩刀鮮肉、兩條鹹魚和兩條鮮魚，你挑回去吧！」

張小三簡直不敢相信自己的耳朵，傻愣愣地不動彈。王大話說：「怎麼？嫌少嗎？」

張小三說：「不是。我不敢要這麼多，我只想要點米，這麼多我還不起。」

王大話說：「誰要你還？只要你今後不再偷我的就行了，趁我的兒子們還沒有回來，快挑走吧！要是他們回來了，可不得了。」

張小三還想說什麼，卻支支吾吾沒說出來。王大話說：「走吧！還賴在這裡幹什麼！」

張小三望望王大話，王大話揮揮手說：「去吧！去吧！以後不要再來了。」張小三只好挑起這麼一大擔「年貨」回家去。

二、王大話再助張小三

自從張小三出了家門以後，他的妻子和孩子就站在大門口朝小三走去的大路上眺望，盼望他早點回來。

在冬天，申時以後，天就已經黑了。小三的妻子唸叨說：「你們的阿爸怎麼到現在還不回來？」

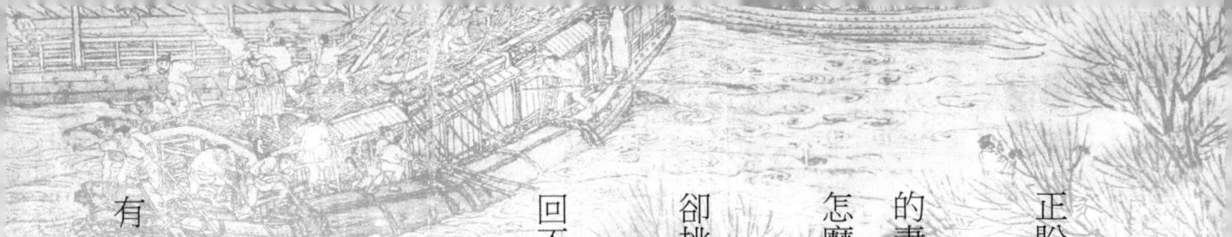

正盼得心焦，她的大女兒說：「看，我阿爸回來了，還挑著一大擔東西！」

原來，小孩子人小，眼睛卻比成人好，她先看見來人了，小三的妻子卻看不到。漸漸地，小三的妻子也看見來人了。她說：「那不是妳阿爸，妳阿爸只帶了一條布袋走的，這個人卻挑了一大擔，怎麼可能是他呢？」

說著，說著，小三真的到了面前。妻子驚喜地說：「小三，你真有本事，只帶一條布袋出去，卻挑這一大擔回來了。」

小三進了家門，放下擔子，嘆了一口氣說：「嗨！什麼本事啊？要不是王大話人好，我恐怕就回不來了。」妻子連忙問原因，小三將自己在王大話家所遇的經過，一五一十地講了出來。

妻子聽了小三的敍述，對王大話感激不盡。

第二天是正月初一，妻子對小三說：「人家王大話對你這麼好，你今天應該去拜個年才行。」

小三說：「王大話說了，不能去，要是讓他兒子們知道了就麻煩了。」

妻子說：「他是說你不要再去偷他家東西，難道還不要你去還他的人情不成？」

小三想想，人非草木，哪能不要人情？於是，問妻子帶點什麼禮物去。妻子說：「我們一無所有，能帶什麼呢？」她把家中搜遍，找到了八文錢。她把這八文錢交給小三說：「你到街上買條方片糕，算是祝他老人家高壽健康、高發如意吧！」

張小三拿著這八文錢來到大街上，進了一家小雜貨店，買了一條方片糕，來到王大話家。王大話的兒子們正陪來客坐在堂前八仙桌上喝酒，見張小三來了，都不認識。好在正月裡凡是來了人，總不見外，滿座的人都站了起來，就是不知道如何招呼，竟「啊、啊」地點起頭來。

這樣一來，驚動了在廚房裡正忙著做飯的王家大兒媳。她伸頭望了一下，轉身到房間裡對她公公說：「阿爸，三十晚上那個賊又來了。」王大話聽說，立刻來到堂前，滿座喝酒的人，和張小三正處在尷尬之中。

王大話見了說：「稀客，稀客，快進來坐。」

王大話的大兒子問：「阿爸，這位客人是誰，我們怎麼不認識呢？」

王大話說：「你們怎麼會認得！他是我早年挑窯貨時的房東，我挑窯貨就是住在他家。他一直沒有來過，你們怎麼認得。」這些喝酒的人聽說，都熱情地招呼張小三入座。

王大話生怕張小三露出馬腳，伸手拉住小三的胳膊說：「這位稀客，我倆房間裡坐坐，慢慢敘敍家常，不和他們湊熱鬧了。」

張小三被王大話拉進房間裡，王大話說：「今天要不是我答得好，看你怎麼辦？」

張小三說：「您老人家對我的恩情，我若不來，心裡實在過不去。」

說話間，酒和菜都擺了上來，二人一邊喝酒，一邊敍談。王大話問清楚了張小三家裡的情況，知道了小三沒有固定職業，就替小三出起了主意，說：「像你這樣，做點小生意不可以嗎？」

小三說：「我能做什麼生意呢?況且，我連一分錢的本錢也沒有，什麼生意也做不成啊！」

王大話想了想說：「此地往南二十里有個黛河湖，那裡一年到頭都有鮮魚出售，價格比我們這裡便宜。你去那裡挑些魚來我們這裡賣，會比你打柴強多了。只要你肯做，我先借幾個本錢給你，等你賺了錢再還我。」

張小三聽了，連連稱謝：「要是這樣，您老人家恩情真勝過我親生父母了！」王大話見張小三願意販魚，就拿出十個銀元借給了張小三。

張小三收了王大話借給的銀元後，起身告辭，王大話也不挽留。走到大門口，王大話兒子們見了，說：「好不容易來的，一定要住一夜才是。」

王大話說：「他哪有你們快活，明天一大早還要去賣魚呢！」

張小三辭別了王大話，來到家中，將王大話教他販魚並借給本錢的事告訴了妻子後，拿了根扁擔，在隔壁借了兩個魚籃，到黛河湖販魚去了。黛河湖的鮮魚種類很多，價格也低，雖然是春節，也照樣有鮮魚出售。張小三販了滿滿兩魚籃上好的魚，趁著夜色往回趕路，他要像王大話所說的那樣，去趕早市。

張小三挑魚經過王大話家門口，歇了下來，挑了一條最大的青魚放在王大話家的門檻裡（王大話家的大門與門檻有一點空隙）。天亮後，王大話放爆竹開財門（正月初一、初二、初三開大門）時，看見一條新鮮的大青魚，心裡很高興。他明白，這張小三真能吃苦，魚已經販回來了。

從此以後，每天早上開門，王大話的門檻裡，都有一條新鮮的大魚。王大話對家裡人說：「門檻裡的魚收起來就是，不要聲張，免得被別人撿走。」

三、放牛娃除夕遇強盜

黛河湖西北是一片起伏不平的山坡，山坡的腹地處，孤零零地住著楊二賴子一家。這楊二賴子遊手好閒，嗜賭成性，遇事蠻不講理，鄰近沒有人願意和他計較是非。因此，他總是自以為老子天下第一。由於他好賭，致使家徒四壁，孩子已經十四歲，沒錢讀書，仍然是蒙童一個。

這一年除夕，楊二賴子家裡一貧如洗。清晨，其妻對賴子說：「賴子，今天是大過年了，只有昨天二叔送了半片豬頭來，此外，連菜連米也沒有，你可不要總是賭錢，要想想辦法，這年怎麼過！」

賴子聽了，並不答話，拿了把鍘草用的大鍘刀，在磨刀石上用力地磨起來。其妻見了說：「你把這刀磨得放光幹什麼？」

賴子說：「今天去做回強盜，做強盜當然要鋥亮放光的大刀啊！」

其妻說：「賴子，你可不能殺人呀！」

賴子說：「哪會呢？只是嚇唬嚇唬人。」

楊二賴子拎著這把大鍘刀，來到大路旁，找了個茅草窠躲了起來，靜候過路的人。可是，今天是大年三十，所有的人都過年去了，哪還有人？從早上等到中午，連一個人影也沒有，楊二賴子心裡不免著急起來。

黛河湖南頭有個橋上余村，村裡余老大的外甥劉家蛋蛋，這一年裡幫他放牛。本來早就結了工錢，並且講好了就在舅舅這裡過年。可是，真正到了過年的時候，小蛋蛋卻忽然想起了父母和家裡的人來，總是悶悶不樂。他的舅媽知道這是小孩子想家，就對余老大說：「蛋蛋想家想得厲害，還是讓他回去吧！」

余老大說：「要是真的想回去，應該早一點說才好，下午回去到家就晚了。」

他舅媽說：「小孩子，說不定什麼時候就想起家來，不讓他回去，怪可憐的。不過，下午回去也還來得及。」於是，叫來小蛋蛋，讓他趕緊吃了點午飯，給了他二十個銅板，又裝了兩籃子年貨，打發他挑著擔子回家去了。

楊二賴子躲在茅草窠裡，早等得心急如焚，忽然見路南來了一個人，遠遠望著，這個人還挑著一擔東西。

來人漸漸地走近了，原來是一個十四、五歲的毛頭小子。楊二賴子從茅草窠裡跳了出來，舉著明晃晃的鍘刀，偏西的陽光射在鍘刀上，亮光耀眼。楊二賴子厲聲吼道：「哪裡來的雜種，快留下買路的錢來，老子饒你不死！」

小蛋蛋哪裡見過這樣的陣勢，嚇得不知如何是好，他戰戰兢兢地說：「我，我沒有錢……」說著，在荷包袋裡摳呀摳，摳出一把銅板，往地上一丟，說：「就這幾個銅板。」

楊二賴子見了，將鍘刀一放，彎腰來撿這散落在地上的銅板。小蛋蛋見了，心想，他撿完銅板，就要來殺我了，不如來個先下手為強，他掄起扁擔，對準楊二賴子頭頂，狠狠一擊。

楊二賴子被打得往前一趴，就像棍子打青蛙一樣，兩條腿伸直了。小蛋蛋見狀，不敢細想，連忙挑著擔子，拔腿就跑。

小蛋蛋跑著想著，越想越怕，這裡離家還有十幾里路，要是再遇到這樣攔路的強盜可怎麼辦呢？

他想著想著，忽然看見路旁站著一位中年婦女，像見到了救星，趕緊跑到她的面前，向她哀求說：「好心人，我想在妳家歇一夜，明天再回家，現在我真的不敢再走了。」

婦女說：「你這孩子，家在哪裡？太陽還這麼高，為什麼就不敢走了呢？」

小蛋蛋說：「我到家還有十多里路。剛才遇到了一個拿鍘刀的強盜，我嚇壞了，不敢再走了。」

婦女聽說，心裡一驚，裝作鎮定地說：「那強盜呢？」

小蛋蛋說：「我趁他撿銅板的時候，用扁擔把他打死了。」

原來，這婦女就是楊二賴子的老婆，正在路口眺望二賴子。她聽了這話，傷心極了，為了穩住小蛋蛋，仍不動聲色地說：「這麼說來，你確實不能走了。快到我家歇著去，明天趕路也不遲。」

她將蛋蛋送到路旁的家裡，小蛋蛋將擔子放在門旁。賴子老婆問道：「你是不是要洗一下臉呀？」小蛋蛋哪有心思洗臉，急忙說：「我不洗了，想早早睡，明天好趕路。」賴子老婆指著堂屋角落裡的一張竹床說：「你就睡在這裡吧！」說著，抱來一床破棉被，鋪在竹床上。小蛋蛋只脫了棉襖，蓋在胸口上，和衣睡下了。

四、強盜錯殺了自己的孩子

楊二賴子老婆看著小蛋蛋睡了，以為這孩子是被她「扣押」了，心情沉重地又來到大路上，向賴子早上去的方向走去。太陽快下山時，賴子拎著鍘刀，迎面來了。老婆見他狼狽的樣子，挽著他向屋裡走來，明知故問地說：「賴子，你怎麼啦？」

賴子耷拉著腦袋，一步一哼地說：「咳，我今天差點就見不到妳了。一個小狗日的，把我打昏了，這才醒過來——哎呀，搶人沒搶到，差點丟了性命！」他們說著，已經來到了自己房子前。其妻說：「這小孩被我留住了……」

賴子聽了立刻興奮起來，大聲嚷道：「在哪裡?老子馬上就去殺了他！」

他這一聲嚷，被已經是驚弓之鳥的小蛋蛋聽了個一清二楚，這一回更嚇得魂不附體。他知道，眼前跑又不能跑，藏又無藏處，只好趴在竹床上豎起耳朵，靜聽屋外兩個人的講話。那女的壓低聲音說：「賴子，你別性急，這小孩現在睡在我家，小孩子一覺如小死，不會跑的。等天黑後，我倆去把坑挖好，殺了他就拖出去埋掉，人不知鬼不覺，不是很好嗎？」賴子覺得妻子說得有理，就坐在路口的石頭上，等待天黑。

冬天，天黑得很快。他妻子回去安頓好自己的兒子睡著後，又來到賴子面前。賴子對她說：「妳

去把鋤頭、鏟鍬拿來，省得老子回去驚動了這小狗日的。」睡在竹床上的小蛋蛋，對屋外兩人的講話，以及這女人進出屋的舉動都清清楚楚。每當這女人進來，小蛋蛋立即閉上眼睛，調勻呼吸，裝著睡熟了的樣子。女人這次進來時，特別到小蛋蛋睡的竹床旁仔細地看了一下，認為他真的睡熟了，才放心大膽地拿了鋤頭、鏟鍬走了。

這女人拿走了鋤頭、鏟鍬，屋外就沒有了聲響。小蛋蛋知道，他們挖坑去了，心想，等他們一回來，我就沒命了，何不趁現在就跑呢？他從竹床上爬起來想走，又想，在這裡我只認得一條大路，他們要是追來，我能跑得了嗎？於是，他將大床上賴子的兒子，抱到了竹床上。這孩子真的「一覺如小死」，小蛋蛋這麼搬弄他，居然一點也沒反應。小蛋蛋用破棉被蓋好他，自己的棉襖也不要了，仍然蓋在這孩子的上身。做完了這些，小蛋蛋才挑起擔子，順大路走了。

楊二賴子夫妻，挖了一個又大又深的土坑（他們想做到「人不知、鬼不覺」），累得氣喘吁吁地回到家來，已經是一更天，屋裡黑漆漆的，什麼也看不見。賴子老婆點了一根蠟燭，看見這小孩還在竹床上睡得正香。賴子性急，舉刀要剁，其妻說：「別急，不要濺得到處是血。」她上了竹床，雙手掀著棉襖，說：「你剁他脖子，我用棉襖捂住，叫他一滴血也別出來。」

在昏暗的燭光下，賴子照妻子的話，一刀下去，將這孩子的頭割下，其妻趕緊用棉襖包裹了起來。他倆將這殺了的孩子，拖著就走。

這夫妻倆從來沒有殺過人，今天殺人，都手忙腳亂。剛把這孩子殺了，又急急忙忙地拖到坑裡埋掉。回到家裡，都感到精疲力竭，飢餓難忍。賴子還是早上喝了一碗稀粥，又因為挖坑，出了許多力，說：「餓死老子了，快拿東西來吃。」

楊二賴子老婆點著蠟燭，到門旁來拿小蛋蛋擔子裡的年貨，卻不見了。她說：「賴子，年貨哪裡去了，莫非被人偷了？」

賴子說：「瞎扯。這大年三十晚上，誰到這裡來？」說著，自己也滿屋裡找起來。

其妻到房間裡看看，床上已經沒有了自己的孩子，心裡有些異樣。說：「賴子，我們的孩子呢？」

賴子說：「妳一天到晚都在家裡，孩子到哪裡去了，倒來問我，我怎麼曉得？」說著，其妻放聲大喊孩子的名字，可是沒人答應。其妻驚慌起來，說：「孩子晚上是不會出去的，莫不是你把我們的孩子殺了？」

賴子說：「別疑神疑鬼，是妳看著的，怎麼會是我們的孩子！」

其妻越想越覺得不對勁，慌張地說：「賴子，大事不好，你肯定是殺了我的兒子！你要是殺了我的兒子，我和你沒完！」

賴子此時也捉摸不定了，心情緊張地說：「找找看，快找找看！」其妻一把抓住賴子，哭叫著說：「還我兒子，還我兒子來！」

賴子著急了，說：「我的親娘，妳別吵呀！殺的是不是我們的兒子，還不一定呢！我們去把坑扒開來看一下，是好是歹不就知道了嘛！」

這夫妻倆，又跑去將那埋得嚴嚴實實的死屍扒了出來，一看，果然是他們自己的孩子。賴子傻了，一屁股跌坐在新挖的黃土上，整個身子癱軟了下來，他老婆更是滾來滾去呼天搶地地大哭。好在這裡是僻靜的荒野，任他們搞得天翻地覆，也無人知道。

五、張小三知恩報恩

楊二賴子夫妻誤殺了自己的孩子，在荒野裡傷心極了。他們哭呀，鬧呀。持續一、兩個時辰，都累得筋疲力盡，雖然沒人勸說，也自然停了下來。

賴子說：「孩子已經死了，再哭再鬧也沒有用。我們也窮得沒有日子過了，還不如用這死了的孩子去弄點錢來，妳看怎麼樣？」

其妻說：「人已經死了，還怎麼賺錢？」

賴子說：「山那邊的王大話家裡有的是錢，我們把死屍背到他門口去，明天一大早去找孩子，見到了孩子的屍首，就說是他殺了我們的兒子，這樣，他家的財產我們就能奪得來。」其妻聽了，心想，事已至此，也只好這麼辦了。

於是，夫妻二人擦乾了眼淚，賴子背起死屍，其妻用棉襖提著頭，步行五里路，來到王大話家門口。王大話一家正關門閉戶地睡得悄無聲息，楊二賴子將兒子的屍體靠在王大話家的大門上，將頭放在肩膀上。黑夜裡乍一望，就像一個活人站在大門口一樣。只要王大話家裡的人一開門，這屍體就會倒進他的家裡去。擺弄妥當後，楊二賴子夫妻躡手躡腳地離開了，只等天快亮之前，來王大話家生事。

再說張小三，自從聽了王大話的指點，每天販魚，一年來雖然沒有發大財，日子卻也能過得去。他是個勤快的人，連過年過節市場行情冷淡時，也不肯休息。這個大年除夕，他挑著滿滿一擔鮮魚，深更半夜，又走到了王大話家門口，拎了條鮮魚要放進王大話的門檻裡去。

當他走近門口，見有個人站在那裡。張小三以為，這大年三十可能又有生活困難的人來偷王大話家了。於是，他站在離這人四、五步遠的地方問道：「喂，你在這裡做什麼呀？」

這個人沒有回應，張小三又問：「我問你，你怎麼不出聲呢？」

門口的人還是無動於衷。張小三又問：「你耳朵聾啦？我和你說，王大話是好人，你要是生活困難，和他講一下，他會接濟你的，請不要偷他家的東西。」任憑張小三怎麼說，這門口站著的人就是不理睬。

張小三急了，走近他身旁，用手拉著那人的胳膊說：「你怎麼搞的，我講話你沒聽見？」不料，這一拉，一顆人頭從那人肩膀上滾了下來，嚇得張小三一跳。原來，這是個死人！

張小三心想，這可怎麼辦呢？是叫來王大話家裡的人嗎？不，不能叫！叫起他家人來，他們會驚慌得手足失措，反而壞了大事。王大話救濟了我，我今天應該要回報他才是。於是，張小三扛起這具死屍，拎著人頭，向離這裡三里遠的水塘走去。到了那裡，他將棉襖撕成布條，找了塊大石頭，將屍身和人頭全都綁在一起，沉入水底去了。轉回來，將拎來的鮮魚放進了王大話的門檻裡，挑著魚擔回家去了。

四更過後，還沒到五更，楊二賴子夫妻一個大嚷，一個大哭，來到王大話家門口。他們嚷呀哭呀的內容全是：「孩子呀，你在哪裡？大過年的，怎麼不回家呀！」他倆在王大話門口見不到死孩的屍體，以為是王大話將其藏起來了，就在王大話家屋前屋後，屋左屋右地尋找起來。

他倆一面尋找，一面哭著叫著，把王大話一家人都驚醒了。王大話是上了年紀的人，平時在四更以後就睡不著了，今天是大年初一，賴子夫妻又吵鬧，他索性起了床，拉開大門，放了爆竹，早早地開了「財門」。然後，王大話泡了一壺茶，坐在客廳，算是在「迎接新年」。

楊二賴子夫妻看王大話開了「財門」，越發哭鬧得厲害起來。王大話聽了，起初還不當一回事，以為他孩子沒有回家，是應當要找一找的。當一壺茶喝完，天已微明，這兩人卻鬧得更凶了，而且，只在自己家屋前屋後吵鬧。王大話想，這大年初一，他們這麼吵鬧，不是好兆頭。於是，捧著茶壺踱了出來，對楊二賴子夫妻說：「你們一大清早總是在我屋旁吵鬧什麼？這大年初一的，像什麼樣子？你孩子不見了，難道是我給藏起來了不成？」楊二賴子夫妻聽了這一頓苛責，又找不到一點把柄，只好不情願地離開了王大話的家。

六、尾聲

正月初二，王大話在家聽到消息說，今年過年，楊二賴子家的孩子不見了。

初三，張小三來給王大話拜年，詢問王大話，初一那天他這裡有沒有奇怪的事情。王大話說：「奇怪倒不算奇怪。只是初一天還沒有亮，山那邊楊二賴子夫妻倆找兒子，說他兒子三十晚上沒有回家過年。這夫妻倆真不開通，既是找孩子，就應該到處找找才是，卻總在我家門口、屋前屋後地找，又哭又叫，鬧得我好不自在。」

張小三聽了說：「原來是這回事啊……」於是，將除夕的夜裡，他挑魚回家路過王大話門口所遇的事，講給王大話聽了。

王大話聽了以後，再想到之前聽到的消息，吃驚不小，連忙叫來兩個兒子，說：「你們快來拜見這位恩人，是他救了我一家人呀！」遂將張小三剛才說的話，以及初一大清早楊二賴子夫妻倆尋找兒子的事，全跟兒子們說了。

王大話說：「孩子們，你們都在這裡，從前我曾經搭救過張小三，現在張小三卻救了我一家人。我決定將家裡的財產分一半給張小三，算是對他的報答。」

幾個兒子聽了，連聲說：「父親說得是，給小三一半財產，我們沒有意見。」張小三也知道這是他們的誠意，但最終還是不肯接受他們關於財產的饋贈。

從此，王大話待張小三猶如一家人一樣。

25 育兒

俗話說：「慣子不孝，肥田收癟稻。」

胡俊到了四十二歲那年，才生了一個寶貝兒子，取了個「根寶」的名字，意思是「傳根接後的寶貝」。因為老來得子，不僅心裡高興，還溺愛有加。從出世開始，胡俊就每天親自為孩子穿衣。天長日久，孩子非胡俊穿衣，絕對不起床，還每天在胡俊臉上摸摸打打。十歲以前，胡俊一直以為打得好玩，不當回事。這樣一直到了十二歲，那小巴掌打在臉上已經疼痛得很了。胡俊要制止他打，可是孩子總不依從。

有一回，孩子一巴掌打得用了力，胡俊第一次發了火，不僅訓斥了孩子，還在他的屁股上打了一巴掌。這孩子從來沒有被訓斥過，更不曾挨打過，這第一次挨打，覺得受了莫大的委屈。他大哭起來，早飯也沒吃，就離家出走了。

胡俊本來想，僅僅這麼一點矛盾，不會有什麼大的問題，也沒有當回事。誰知這孩子由著性子，放縱慣了，這一出走，居然沒有歸來。

胡俊急得六神無主，茶飯不思，連田裡的工作也沒有心思去做，妻子更是每天以淚洗面。

胡俊只顧尋找孩子，不從事田裡生產。不幾年，家境便貧寒了下來。

孩子出走的第七年，胡俊思念孩子，已經變得蒼老了，妻子也因為長期憂愁，提早離開了人世。

妻子死後，胡俊打起包袱，一面要飯，一面尋找孩子。他堅信，孩子只要活在世上，總有一天能夠找得到。

胡俊一面要飯，一面尋子，尋尋覓覓，又是兩年，前後左右的村莊都尋遍了。這一天，他來到離家三十多里的鄰縣。在一個山村裡，有一戶人家正在操辦喪事。這裡的風俗，一般操辦喪事的人家，能無償地供給乞討人的飯食。

胡俊想，在這辦喪事的人家可以少跑點路，多吃幾天了。這些天來，路走多了一點，人也跑累了，他希望能在這裡休息一下。

胡俊在這裡很容易就吃飽了，便想找個安靜的地方睡覺。他仔細觀察，唯有廁所裡還安靜，地方也還不小，並不太髒。於是，他找來一些稻草，又將自己的包袱打開，鋪在那裡，和衣在廁所的角落裡睡了下來。

第二天早上，孝子上廁所，看到有位要飯的叫花子睡在這裡，覺得有些可憐。因為，一般的叫花子都有幫派，常常成群結隊，而這個叫花子卻孤零零的，就不由得仔細打量起來。不看則已，一看這位孝子一股酸楚湧上心來，他發現這位要飯的老人，就是自己的親生父親！雖然時隔九年，人已經蒼老，可是模樣還依稀存在。

本來，做孩子的又何嘗不在時刻想念自己的親生父母呢？所以，一經辨認，就認出來了。這孝子想，怎麼辦？我應該立刻相認才好呀！可是，他轉而一想，反正他已經來了，我不會讓他再走了。於是，他叫醒了胡俊，對他說：「您老人家睡在這裡幹什麼呀？您在這裡反正沒事做，今天我請您老人家幫我做件事，不知道您老人家肯不肯？」

胡俊聽了，看看這位披麻戴孝的孝子，卻不認得這就是自己日夜思念的兒子。因為小孩子長成大人，變化太大了。

胡俊說：「我一個老態龍鍾的人，能為你做什麼事呢？」

孝子說：「事情倒不太費力，我後園有棵桑樹，我想養著它做根扁擔，只是條杆不直，想請您

老人家幫我育直它。」

胡俊說：「好吧！在什麼地方，你帶我去看看。」說著，與孝子一起來到後園。孝子指著一棵彎得像弓一樣，已經有碗口粗的桑樹，要請胡俊把它育直。

胡俊看了又看，對孝子說：「小哥哥，你想育直這棵桑樹，應該在樹小的時候就要育呀！現在長這麼大了，怎麼能育得直呢？」

孝子說：「您老人家說得也對，桑樹長這麼大了，就育不直了。可是，您的兒子，都那麼大了，你才育他，怎麼能育得順呢？您老人家想要有個孝順的兒子，早該從小就要育呀！」

胡俊聽了這位孝子的話，有些丈二和尚摸不著頭腦。他對孝子望了又望，心裡在說，你怎麼知道我兒子的事情？沒等胡俊回過神來，孝子一把拉著胡俊，跪在地上，泣不成聲地說：「阿爸，我就是你的兒子——根寶！」

胡俊傻了一樣，看著眼前的年輕人，不敢相信自己的耳朵。這位孝子又說：「阿爸，我就是根寶呀！您老人家認不得我啦？可是我還認得您！這些年來沒見到您，您老人家可真是蒼老了許多，我的阿媽她還好嗎？阿爸，我雖然離開了你們，可是這些年來，我心裡一直在想念著你們！我早就想回去看看你們兩位老人，可是又怕傷了養父養母的心。現在，養父養母都已經離世了，我正要去尋找你們。不料，您老人家卻自己來了！說著，雙手抱住胡俊的兩腿，將頭靠在胡俊的左膝上，放聲痛哭起來。

胡俊聽了這位孝子的哭訴，呆傻了好長一段時間，待清醒以後，知道眼前這年輕人，真的是自己日夜尋找的根寶兒子時，老淚縱橫地將兒子扶了起來。隨後將兒子出走以後，因為尋找兒子，已經弄得傾家蕩產，他母親也因為思念兒子，憂鬱成疾，已經去世的情況，告訴了兒子根寶。

根寶聽了，又是一場大哭。

末了，根寶說：「阿爸，我養父逝世剛剛三天，我還得將他的後事料理好。您老人家先在這裡住下，等這喪事辦完了，我再把我出走後的情況，告訴給您。」於是，胡俊就在根寶這裡住了下來。三天過後，根寶料理完了他養父的後事，並且打發了因為辦理喪事而來的客人，這才與他父親胡俊談起了自己從家裡出走的情況：

「那一天早上，我被您罵了一頓，屁股上還挨了您的一個巴掌。我那時委屈得簡直就像是挨了致命的一刀那麼難受。當時，真的將您和阿媽恨得像敵人一樣。要不是我那時人小力薄，說不定真會拿刀子捅您幾刀。正因為這樣，我認為我和您已經是水火不能相容了。這種過激的想法，使我決心離家出走，發誓永世也不回家。那一天，我連早飯也沒吃，就跑到碼頭上，上了一艘客船，來到現在的縣城裡。我身上沒有分文，一到大街上，肚子就餓得受不了，又不知道往哪裡去才好。這樣硬是餓著肚子，撐到了下午，人已經昏昏沉沉了。我靠在離一個賣燒餅的爐子不遠的牆角處，賣燒餅的到了下午，本來沒有什麼生意，見了我那可憐的樣子，問道：『你這孩子是哪家的？天都快黑了，還不回家去，在這裡幹什麼呀？』

聽了發問，我就哭了起來，說：『我認不得回家的路了！』

那賣燒餅的說：『你怎麼出來的呀？』

我說：『我和阿爸到我家附近的街上來玩，我上了一艘貨船，就把我載到這裡來了。我已經一天沒吃飯了，餓壞了！我找不到家，回不了家了！』我又哭了起來。

那賣燒餅的聽了，皺皺眉頭，就拿了個燒餅，對我說：『孩子，先吃塊燒餅吧！慢慢想想，家在哪裡，再想辦法回家去，你爸爸媽媽肯定也急得不得了呢！』

我接了燒餅，三口兩口就嚥了下去。他見了，又遞一塊給我。那賣燒餅的又問我說：『你家兄弟姐妹有幾個呀？』

我扯謊說：『我兄弟四個，沒有姐妹，我是老三。我父親、母親都不喜歡我，說我不會幹活，只會吃飯。他們早就說要把我趕出來，我現在出來了，他們肯定不會找我的。』
賣燒餅的人聽了，笑了笑說：『你這孩子是在說謊吧？哪有做父母不喜歡自己孩子的道理呢？只怕你自己太不聽話吧？』
他這樣問我，我哭哭啼啼地說：『我父母真的不喜歡我，現在我出來了，也不想回去了。』
那賣燒餅的人上下左右地打量著我，又拿燒餅給我吃，還倒開水給我喝。沒多久，天就黑了，我也急著不知道應該怎麼辦了。賣燒餅的收好擔子，準備回家去。臨行時，他對我說：『孩子，你到哪裡去過夜呢？』
我哭著說：『老伯伯，我不知道！』心裡真想懇求他能帶我回去。
賣燒餅的看了看我說：『你願不願意到我家裡去呀？』
我當然求之不得，就和賣燒餅的回家來了。原來，這賣燒餅的人，叫張玉才，那年他五十二歲，家裡只有老夫妻倆。晚上，我在這裡歇著，他倆對我好得很，我又像是回到了家裡一樣。就這樣，張玉才成了我的養父。養母姓孫，比養父小兩歲。我已經經歷了離開了親生父母，離開家庭的痛苦，生怕再次經歷沒有家庭的苦楚，就在張家學得乖巧起來，每天都親親熱熱地爸爸媽媽地呼喊他們，而且他們說什麼，我都順從，再不也敢和他們違拗。時間長了一點，他們非常喜歡我。第二年，他

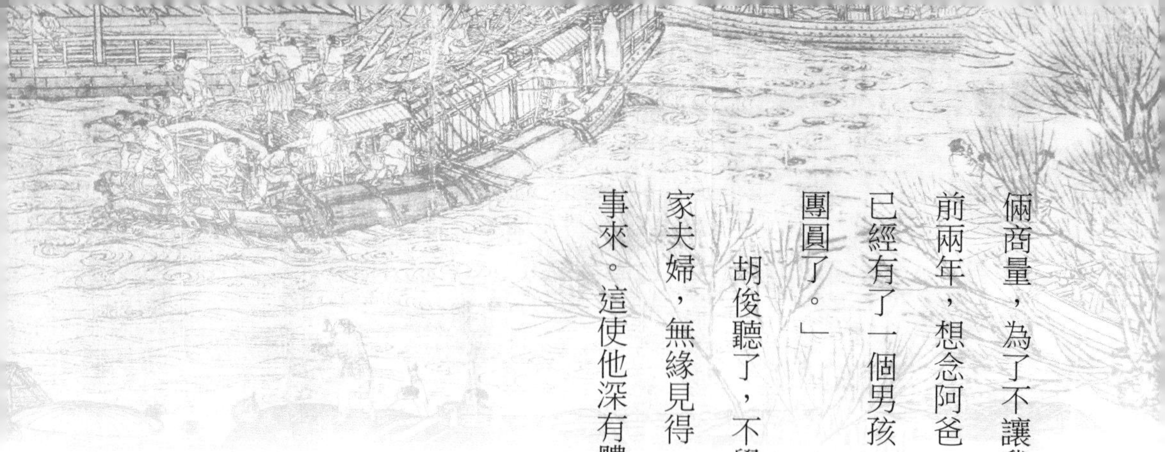

倆商量，為了不讓我的親生父母發現我，就從城裡遷到鄉下來住了，就是現在這裡。我在張家，先前兩年，想念阿爸、阿媽，又怕他們見怪，常常偷哭，後來慢慢也就習慣了。我是兩年前成的親，已經有了一個男孩。前年養母過世，現在養父也死了。阿爸，您正好來了，我們這一家，到底還是團圓了。」

胡俊聽了，不覺潸然淚下，看著兒子根寶這興旺的一家人，心裡還算踏實。只是撫養根寶的張家夫婦，無緣見得，覺得於禮有虧。回憶起九年前，只是因為那點情由，竟然演繹出如此悽慘的故事來。這使他深有體會地認識到：教養孩子，確實需要講究方式和方法。

26 抬槓鋪

雙木鎮上有一個很稀奇的店鋪，叫「抬槓鋪」。（所謂抬槓，現代的意義為鑽牛角尖，無謂的爭辯。）這恐怕是世上獨一無二的店鋪。店裡老闆姓黃，黃老闆打的招牌是「抬一槓三文錢，抬贏了加一倍」。

由於黃老闆能守信譽，凡是槓贏了的，他都加倍賠了錢。許多人為了顯示自己的才能，都來抬槓鋪抬槓。因此，店裡生意還算興旺。

一日，孔老夫子經過此鎮，聽了這件新鮮事，來了雅興。他想世上事物無奇不有，我也算廣聞博見，可是從來沒有聽說過有「抬槓鋪」的事。我好不容易來到此地，應當憑自己的學問到抬槓鋪裡去彰顯一下，也好在小鎮揚揚名聲。於是，他吩咐學生將馬車駛到抬槓鋪來。老先生下車來，進入抬槓鋪裡面。

黃老闆見來了位老先生，馬上笑臉相迎：「先生高姓？大老遠而來，必有指教，小店主應當洗耳恭聽。」

老先生說：「鄙人姓孔，拙名丘也。今天路過寶地，聽說老闆開了個赫赫有名的抬槓鋪，特來向老闆領教。」

黃老闆說：「聽見先生大名，真是如雷貫耳。鄙人開此小店，只是聊慰閒情，怎料竟驚動先生，真乃愧疚，愧疚！」

孔老夫子說：「貴老闆莫要謙遜，此乃抬槓鋪者，是辯論口才的地方。我願出三倍的錢，向老闆請教一回也。」

黃老闆說：「聽說先生遠在曲阜，令堂一向安康？」

孔老夫子說：「承蒙老闆垂詢，老母親身體還算康健。」

黃老闆說：「老先生曾有教導：『父母在，不遠遊』；而老先生不遠千里來到鄙處，此可否是『師不踐言，無以教人』也。若果然如此，老先生就算輸給敝人了，抱歉，抱歉！」說完，向孔老夫子連連抱拳打躬。

孔老夫子聽了，自知理虧，只好拿出九文錢來，向黃老闆說：「領教，領教！」說完，出了店門，登車去了。

孔夫子這樣大名鼎鼎的老先生，竟然輸給了黃老闆九文錢，抬槓鋪的名聲立即大振，連八路神仙也知道了。

這一天，李鐵拐背著葫蘆，扮成遊醫，一瘸一拐地來到抬槓鋪裡。黃老闆見了，笑嘻嘻地說：「先生高姓？一路辛苦了！」

李鐵拐說：「鄙人賤姓李，以行醫為業，聽說老闆很會抬槓，連飽學多才的孔老夫子也不是你的對手。」

黃老闆說：「哪裡，哪裡！那是孔老先生文雅謙讓，使在下偶然贏了一回而已。」

李鐵拐說：「到底是老闆思維敏捷，連孔老夫子也拜了下風！」

黃老闆說：「先生過獎了。在下是個粗人，何來思維敏捷！」

李鐵拐說：「老闆真是一方名人，鄙人願出十倍的錢，向老闆領教一回。」

黃老闆說：「請問先生，您走遍江湖，為人治病，此乃救死扶傷，神聖之業，不知先生能治哪些方面的病呢？」

李鐵拐說：「內科、外科、兒科，鄙人都能治。」

黃老闆說：「您既然內科、外科都能治，何不將自己殘腿治好？您瘸著殘腿，自己難受不說，誰會相信先生醫術高超呢？這就叫做：『己身不正，何以正人』？先生，您與在下抬槓，僅此一點，今天又算輸給在下了！抱歉，抱歉！」說著，對李鐵拐連連打躬。

李鐵拐自以為是神仙，抬槓哪能抬不過凡夫俗子的黃老闆，可是到了此時，居然無話可說，羞愧地付了三十文錢，說：「黃老闆，佩服，佩服！」說完，他向黃老闆也揖了一揖出門去了。

這一回，連八路神仙的李鐵拐也輸給了黃老闆，抬槓鋪的名聲更加斐然，人們甚至說黃老闆智通神靈。

這下可激怒了鎮上的殺豬匠王屠夫。他和同行們說：「那老黃算什麼東西，能難倒孔夫子和李鐵拐，但卻難不倒我。」

同行們聽他說出激動的話來，就火上加油地說：「老王，看你口氣不小，你還能抬得過老黃嗎？」

王屠夫說：「你們不相信？我明天就到那抬槓鋪裡，把錢贏來給你們看看！」

第二天，王屠夫賣肉下市後，拿把屠刀，就來到抬槓鋪裡。見了黃老闆，他也不客氣，單刀直入地說：「老黃，這幾天你這抬槓鋪真的紅得發紫了，連孔老夫子和李鐵拐都向你拜了下風，你可真是出足了風頭啦！」

黃老闆說：「王師傅，出什麼風頭呢？你看，這幾天連一點生意也沒有！」

王屠夫說：「開得下去，開不下去，那都不用我勞神。你有多大本事，我倒不相信，今天我來要和你抬一槓！」

王屠夫的這些話，直說得黃老闆有些莫名其妙，他微笑著說道：「王師傅，我們街坊鄰居的，我有什麼本事，你還不清楚嗎？」

王屠夫說：「老黃——我的黃老闆，今天我到你抬槓鋪裡來，街坊不街坊的且擺在一邊。我今天來，就是要和你抬一槓！」

黃老闆心想，幾天都沒開張了，今天你來抬槓，我盡量讓你一點吧！免得別人不敢來抬槓。於是，黃老闆說：「那好吧！今天怎麼抬法，抬多少錢，以及抬什麼槓，都由你說吧！」

王屠夫把屠刀放在桌子上說：「黃老闆，今天我們抬個五十兩銀子的槓。我問你，你的頭有多重呀？」

黃老闆說：「你什麼事不好說，怎麼問起我的頭來，那你不是輸了嗎？」

王屠夫說：「我怎麼輸了？」

黃老闆說：「我的頭長在我的身上，你怎麼知道呢？你說多了，說少了，我都說不是，你不是輸了嗎？」

王屠夫說：「沒那麼簡單，黃老闆，我說你的頭是九斤半，你說是不是？」

黃老闆說：「不是，不是，是十一斤，你講錯了！」

王屠夫說：「俗話說『人頭九斤半』，還能錯得了嗎？」

黃老闆說：「那是說別人的頭，我的頭可不止，是你輸啦！」

王屠夫抓起桌子上的大屠刀說：「黃老闆，我說是九斤半，就是九斤半！你不相信，我給你割下來秤一秤。」說著，來到黃老闆面前，抓住黃老闆的耳朵，就要動手。

黃老闆嚇得雙手緊緊地抱著頭，大聲叫道：「好啦，好啦！你贏了，你贏了！我馬上給你錢。」

王屠夫聽了，哈哈大笑地說：「當然是我贏了，你不服輸行嗎？」王屠夫抬槓費是五十兩白銀，黃老闆只好按照他自己的規矩，賠給了一百兩白銀。

堂堂的孔老夫子、李鐵拐，都輸給了黃老闆，而黃老闆卻輸給了王屠夫。這真是：「一蠻三分理，斯文理難爭」啊！

27 久賭，神仙也輸

八路神仙中的李鐵拐、何仙姑和西遊記中的孫悟空，這三位神仙聚在一起，約定決一雌雄。用什麼方法呢？祂們幾經相商，決定用搖「單雙」的賭博方式，來分勝負。李鐵拐、何仙姑說，我們是神仙，任是怎樣的單和雙，我們都會算得出來，不會輸了。孫悟空說，我變化無窮，可以改變已成的事實，賭起來只贏不輸。

這一天，三位神仙按照約定來到峨眉山上，賭開了單雙。李鐵拐將骰子放進杯碟中，搖了起來，頭三次是試搖，讓大家任意猜猜，對與不對，都不算數。試搖結束後，李鐵拐說：「現在為準，大家都要算好，輸贏以此為始。」

真的賭博開始了，李鐵拐、何仙姑都有自己的寶囊，從裡面拿出東西來就押；孫悟空沒有東西，

僅有的一根金箍棒，還捨不得拿它做賭具，就將自己屁股上的毫毛拔下，變化出東西來押。這樣一來，祢輸我贏，祢贏我輸，祂們都各顯神通，連續進行了三天三夜，仍然沒有決出雌雄來。第四天，性急的孫悟空抓耳撓腮，坐臥不寧，下注時有些失了方寸，而神仙們卻大發神威，穩紮穩打，讓孫悟空連著輸了數次。孫悟空屁股上的毫毛拔掉了一大片，眼看著就要敗下陣來。

輸急了的孫悟空，靈機一動，用隱身法將真身替換了下來。一心一意關注杯碟裡骰子的神仙們，根本沒想到孫悟空耍了脫身計，去另外動手腳了。當骰子搖上後，何仙姑算準了，這次肯定是個單。可是孫悟空卻跑進去將骰子翻了一個身，讓它變了個雙。這樣一來，很快，孫悟空輸掉的毫毛都贏了回來，接著，神仙們自己的東西也漸漸地輸給了孫悟空。

第五天，神仙們的寶囊裡已經拿不出什麼東西了。當骰子再次搖上後，何仙姑發了最大的神通，算得準準確確——這實實在在是個雙。於是，她將僅剩的一把爪籬押了上去。這已經是關鍵的一著，如果這一著贏了，還能和孫悟空爭執一番；如果輸了，則必須甘拜下風；李鐵拐也只剩了一個鐵杖和一個亞腰葫蘆。他和何仙姑一樣，算得再清楚不過，這一回，一定是個雙！於是，他把亞腰葫蘆和鐵杖全部押了上去。祂們要與孫悟空決一雌雄，都採取了孤注一擲的做法。誰贏誰輸，在此一舉了！孫悟空看了，心裡竊竊發笑：這兩人，還是神仙呢！只知道死算，卻不知道變化呢！世上任何事情，哪會一成不變呀？於是，孫悟空又鑽進碟子裡，將那骰子翻了一個身，骰子由雙，又變成了單，當揭開蓋碗時，是個清清楚楚的單！兩位神仙看了，面面相覷，心裡十分清楚，這是孫悟空搞的鬼，可是卻拿不出證據來。

這時候的孫悟空又蹦又跳，歡呼雀躍，以勝利者的口吻說：「大神仙呀！這回認不認輸？不服的話，我們再賭！」

到了此時，神仙們心想，這都是孫悟空搞鬼，時間越久，搞鬼越容易，我們輸的就會越慘。於是，只好心不由衷地說：「孫大聖，祢真的神通廣大，我們甘拜下風。」

孫悟空說：「祢們也確實神通廣大。可是，祢們只知道去算，卻不知道變化比神算還大呀！賭久了，祢們更是無暇顧及多端的變化。這就是：『久賭神仙也會輸』的定律！」

兩位神仙哂笑著說：「好啦！從今天起，我們算是知道了賭博的『所以然』了！我們承認祢是賭博贏家！」

孫悟空說：「祢們認輸，我就心滿意足了。現在，我將贏祢們的寶貝，全部歸還給祢們！因為，祢們如果沒有了這些寶貝，那就做不成『快樂神仙』了！」說著，做了個滑稽的動作，將贏來的東西，全數歸還給了兩位神仙。

28 慎選當家人

徐寅生了三個兒子，最小的兒子也到了二十二歲，他們都可以當家理事了。徐寅本人也有六十歲的年紀，想將自己苦心經營的家當交給下一代。可是，交給誰呢？如果按照傳統的習慣，應該由大兒子接任；但是，又生怕兩個小的兒子說自己偏心，而不能心悅誠服地服從管理；要是讓二兒子、小兒子接任，又怕他們難以勝任。

徐寅深思熟慮以後，在秋後的一個天高氣爽的日子裡，把三個兒子都叫到面前，拿出了三百兩銀子，每人分給一百兩。對他們說：「你們都已經能夠當家理事了，我要將家務交給你們當中的一個人來管理，為了試試你們誰能管理好這個家庭，我要看看誰的本領大一些。只有本領大一點的人，才能把這個家庭管理得更好。今天我給你們每人一百兩銀子，你們都給我出門去，看誰最先將這些銀子用完。誰最先用完了，就說明誰的本領最大；誰的本領最大，誰就來當家。你們知道，現在家中並不缺少什麼東西，不需要你們買什麼回來。而且，有些東西就是買了回來，搞不好也是浪費。你們只要想些點子，將這些銀子花掉，要花得越快越好。這是你們顯示自己本領的時候，也是我慎重選取當家人的方法。而且，我給你們公平競爭，絕不會偏向哪一個人。誰爭得了第一，誰就來當家。你們各自保重，爭取早點回來。」說完，就打發三個兒子出門去了。

因為徐寅只說誰先花完了銀錢，誰就算有本事，並沒有說如何花法，也沒有說要花得有什麼意義。他的三個兒子聽了吩咐，拿著銀子，各用各的辦法去顯示自己才能，都希望能做家裡的當家人。

小兒子徐三，為了能盡快花完這一百兩銀子，採取了特別的方法。他跑到大街上，來到銀匠鋪裡，拿出五十兩銀子，叫銀匠馬上打出一百隻銀蝴蝶。他把這一百隻銀蝴蝶拿到城牆頭上，順著悠揚的東北風，往城裡放飛。不到半個時辰，這一百隻銀蝴蝶全部放飛完了，使得滿城的人你搶我奪，徐三看了，居然笑得前仰後翻。還剩五十兩銀子，他將全城的燈草（點油燈用的）都買了下來。請人挑到城外，找了個舂米的石臼，把石臼用石頭架空起來，將水放在石臼裡，用燈草做燃料，在石臼下面燒火。石臼還沒燒熱，燈草卻都燒光了。徐三的一百兩銀子，不到兩天，就這麼花得精光。

徐二拿著一百兩銀子，也想著辦法，要盡快地把這些銀子花光。他本來好交朋友，平時來來往往，總是受著金錢限制，顯得縮手縮腳，好像矮人一等。今天得了這一百兩銀子，馬上召集一群朋友。先是昏天黑地地大吃了一頓，卻只花了二十多兩銀子。而後，又和大家一起賭博。朋友們無論誰輸了，都由徐二付錢。這樣一來，還沒到第三天的下午，他的一百兩銀子也花光了。徐二自以為不僅以最快的速度花完了父親給的銀錢，還做了一回人情。

徐大拿著一百兩銀子，也不加思索，來到城裡，在鹽庫買了一船食鹽。在第二天的早上就將船開到了家門口，叫民夫將食鹽卸進了家中。當一切妥當後，兩個弟弟都空著手興沖沖地回到家裡。

徐寅又將三個兒子叫到一起，要他們將各自花費銀錢的經過敘述一遍。徐大買鹽，十分簡單，沒什麼經歷可說，而徐寅卻有意問徐大說：「我說過你們不必買東西回來，而你為什麼要買食鹽呢？」

徐大說：「阿爸，你說家中不缺什麼東西，這我知道。您說，要把銀子花得越快越好。我認為買食鹽花得最快，銀子到了，貨就來了。而且，食鹽是永遠不會腐爛，不管到了什麼時候，食鹽總是省不了的。所以，我將這一百兩銀子都買了食鹽回來。」

徐寅聽了，當即對著兒子們說：「你們這幾個兄弟，一個比一個會花錢。老三不僅放飛銀蝴蝶，還用燈草燒石臼，真是恨透了銀錢；老二用銀錢款待那些朋友，其實只是些狐朋狗友，你與他們臭味相投，相處久了，就會變得好吃懶做，幹起偷竊、賭博的勾當來。要是把家給了兩人當中的一個，不出三年，我們家就要破產。這也難怪，你們無憂無慮的日子過慣了，不知道銀錢來得艱難，哪裡知道當什麼家？畢竟你們的哥哥比你們長了幾歲，知道艱難困苦，沒有將銀錢亂花。因此，這個家應該由你們的哥哥管理才是。你兩個做弟弟的，應該好好協助哥哥，今後你們兄弟才會有好日子過。」

徐二、徐三聽了父親的教訓，都點頭稱是。於是，徐寅選取了大兒子繼承自己經營家庭的擔子，把家交給了徐大。

29 黃金與乾糧

清朝咸豐年間，洪秀全造反，中國南方大亂。人們為了活命，全都離鄉背井去逃難，廣大的江南地方幾乎成了無人區。

盛秦村有兄弟倆，老大秦同勝、老二秦同榮，也帶著自己家裡人，跟著村民去逃難。這兄弟倆，老大一貫務農，家境比較貧窮，逃難時，將家中平時做飯留下的鍋巴（大米製成的乾糧）裝了兩線袋（與挑貨物用的大布袋相似的小袋子），自己背著上路了。老二做過縣官，家境豪富，慣來以為有錢能使鬼推磨，臨行時將家裡的黃金裝了一線袋，足足有五斤多。這些黃金要是平時用來買大米的話，足足可以買上十萬斤。他以為帶上這些黃金，就是在外面過上十年、八年，也不會受窮。

這天早上，他們從家裡出來，就上了大路往北走。所經過的鎮市、村莊，人們因為逃難，都關門閉戶，空無一人，根本談不上買賣東西。到了中午，秦同勝一家，抓些鍋巴嚼嚼，在清水塘裡捧些清水喝喝，就過去了。而秦同榮一家，雖然有金子，因為無處買到吃的，只好勒緊褲帶強忍著。

當天晚上，他們走到了蕪湖城裡，偌大的城市，也是空無一人。秦同勝一家又嚼了一些鍋巴，找了點清水，平安地過去了，而秦同榮一家卻餓得難以堅持了。沒辦法，秦同榮找到哥哥，向他討了一點鍋巴。秦同勝看在兄弟情份上，給了他半袋，自己所剩也不多了。秦同榮拿著這點鍋巴，全家四口人，勉強過了一個晚上。

第二天，還繼續往北趕。到了中午，秦同勝一家人還吃了點鍋巴；而秦同榮一家都餓得受不了，可是，他們還堅持著趕路。第三天，快到小丹陽的時猴，全家人都不能走了。秦同榮在路口想用帶來的這一線袋金子，換一些乾糧，哪怕是少量的蘿蔔乾也好。他捧著一線袋金子，將線袋口敞開著，讓黃燦燦的金子，在太陽光的照射下，金光閃閃，以此招徠這些經過的逃難人。可是，任憑秦同榮如何哀求，誰也沒有多餘的糧食拿出來賣，為了保全自己，都不肯與他換。秦同榮一家人，本來榮華富貴享受慣了，而這一回，連續三天來沒有吃到什麼東西，實在走不動了，只好在小丹陽的一座破廟裡歇了下來，希望能有人來接濟他們。

第四天，秦同勝一家已經踏進鎮江地面。這時候，聽說家鄉太平了，就往回趕。當秦同勝一家路過小丹陽的那座破廟時，看見弟弟一家人還睡在那裡，一個個都有氣無力的。秦同勝說：「家鄉太平了，你們也都起來，和我們一道，慢慢往回走吧！」

他們聽了，都很興奮，掙扎著站了起來。然而，卻渾身無力，趔趔瘸瘸，不能邁步。秦同榮說：「哥哥，你們先走吧！這裡只要有人回來，我就是爬也要爬出去，求點吃的來。只有吃點東西，才能走路，不然是不能走了。」

秦同勝說：「兄弟，我們也沒有吃的了，不過還能走路。也是不能耽誤的，只好先走了。你們也要抓緊時間，快點回去吧！」說著，灑淚而別。

秦同勝回來十多天了，還不見秦同榮一家人回來。他著急起來，又找到了小丹陽。當到了那座破廟裡時，見到了秦同榮一家人還「睡」在那裡，卻都是橫七豎八地躺著，全都沒有氣了。他們那扭曲的面孔，好像是在向人們述說著他們臨死時的艱難。秦同勝見了，傷心地痛哭了一場，而後，在廟外挖了一個大坑，將這一家四口都埋葬了。他在清理現場時，發現了秦同榮所帶的一線袋黃金。秦同勝捧著黃金，流著淚水，深有感慨地說：「急難之時，再貴重的黃金，也抵不上普通的糧食貴重啊！」

30 錢是什麼

李旺家裡請了一位年輕長工，名叫陳樂。他身強力壯，開朗樂觀，一天到晚無論走路、勞動，都「姐呀，郎呀」唱不停口。李妻對李旺說：「你看陳樂多開心，一天到晚小曲不離口，哪像你有事沒事繃著臉，像愁不夠似的。」

李旺說：「我叫他不唱，他就不唱了。不信，妳試試看。」

李妻說：「你不要無故造孽，給他找氣嘔吧！」

「就是給他喜氣，他也會不唱了！」李旺說：「妳去放一個元寶到稻倉裡，明天叫他礱稻，他撿到了元寶，妳看他還唱不唱？」李妻照李旺的話做了。

第二天，陳樂只是埋頭幹活，果然不唱小曲了。兩天後，李妻又將元寶要了回來，陳樂又唱了起來。李旺對妻子說：「我沒說錯吧？還是沒錢的好。有了錢，無窮的盤算，哪來心思唱歌？」

錢是什麼東西呢？誰也說不清。說它寶貴，確有寶貴之處；可是，有時因為它，卻也遭災惹禍。你看，這裡的三個要飯花子，撿到了一個元寶，結局多慘——

雙木鎮上有三個要飯花子，餓了，到鎮上要點吃的；睏了，到關帝廟裡的亂草窠中蒙頭大睡。平時他們走在街上，常常結伴而行，對人們的眼色不聞不問，泰然自若。哪裡好玩，就到哪裡去；哪裡熱鬧，必定就有他們在那裡。人們看他們一天到晚無憂無慮的樣子，甚至羨慕他們與快樂神仙也差不多。

這三個花子，雖然各有來頭，因為住在一起，按照年齡也分了次第。外人分別叫他們為張大化子，吳二花子和蔣小花子；他們自己則稱做張大哥、吳老二和蔣老三。

一日，他們要飽了飯，在市場的垃圾堆裡尋找別人丟棄的桃子。在那爛桃子堆裡，他們你踢過來，他踢過去，還能吃的就撿起來吃；爛透了的，就像踢皮球似的踢飛了。忽然，蔣小花子一腳踢去，腳痛得縮了回來。原來，爛桃子裡有個硬疙瘩。他撿起來用手一掂，沉甸甸的。他以為是石頭，正待甩去，看看卻還光滑好玩。於是用衣服擦擦，竟熠熠生光。張大花子見了，一把奪了過去，用衣服又擦。原來，這是個銀光閃閃的銀元寶。三位花子都喜出望外，零食也不找了，連忙跑著回到

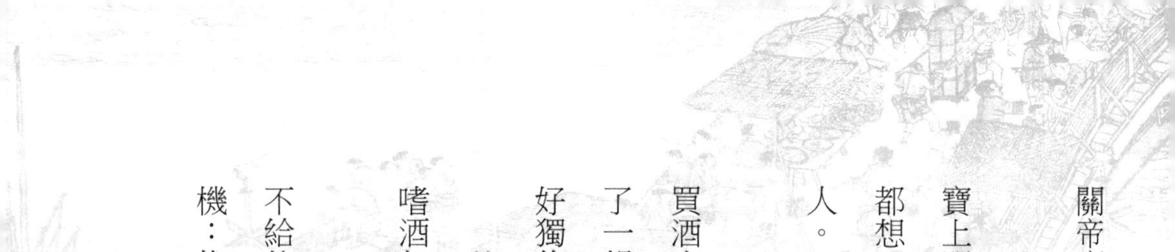

關帝廟裡來。

來到關帝廟裡，他們把元寶從我手傳到你手，又從你手傳到他手，反反覆覆地看了個夠。那元寶上明白地注著：「白銀十五兩」。那時一個長工的一年工錢，只值白銀二兩五錢。叫花子們各自都想，我要是有了這個元寶，就算發財啦！於是，他們都狂歡亂跳，躍躍欲試，都想做這元寶的主人。

張大花子說：「今天得了元寶，我們要好好慶賀慶賀。」他吩咐道：「吳老二買肉去，蔣老三買酒去，我來燒水下麵條。」吳二花子和蔣小花子分頭去了。張大花子用睡覺的亂草燒開了水，下了一鍋麵條，將前幾天買來毒野狗的砒孀放進鍋裡。他要等吳老二和蔣老三回來吃了麵條毒死後，好獨佔這個元寶。

蔣小花子被派去買酒。酒買好後，又去買了一包砒孀，放進酒裡。他想，我不喝酒，而他倆都嗜酒如命，等他們都毒死了，這元寶就是我的了。

吳二花子買來兩斤豬肉。一路走，一路想，只要將張老大除了，那蔣老三年小體弱，這元寶我不給他，他也沒辦法。想著想著，已經來到了關帝廟門口。見張大花子正到井邊提水，頓時起了殺機：推進井裡弄死他，也還省事！

於是，他提著肉來到井邊說：「就在井旁洗一洗吧！」說話時，張大花子正彎腰提水。吳二花子見張大花子身體前傾，突然抱起了他的大腿，往上一提，張大花子雙腿懸空，口中連「救命」的聲音還沒喊出來，就被吳二花子扔到井裡去了。

這時，蔣小花子買酒正好回來。吳二花子招呼道：「快來，兄弟，快弄死他，我倆好平分元寶！」蔣小花子看著張大花子在井中掙扎，不知所措。吳二花子說：「快搬石頭丟到井中。」於是，他倆搬著石頭往井中放，直到不見了張大花子的身影。

吳二花子、蔣小花子弄死了張大花子後來到廟裡。蔣小花子熱情地拿起酒瓶給吳二花子倒酒。吳二花子見蔣小花子過分殷勤的樣子，頓時起了疑心病，不肯喝酒。蔣小花子急了，趁吳二花子去鍋中盛麵條之時，拿起一根木棍，向吳二花子頭頂拼命地砸去，吳二花子腦袋立刻開了花。

蔣三花子拖開吳二花子屍體，從鍋裡盛來麵條。他要飽餐一頓，獨享這元寶之福了。豈知，麵條只吃了半碗，就兩眼翻白，口吐鮮血，追隨著張大花子、吳二花子去了。

這三位無憂無慮、與快樂神仙也差不多的要飯花子，為了一個元寶，竟然都命赴黃泉。錢呀，你到底是什麼東西？

31 老實話與奉承話

大風起兮塵土揚，威加海內兮回故鄉，安得猛士兮守四方！

這是漢朝劉邦當了皇帝後，耀武揚威地回家鄉時唱的，他當時在家鄉父老面前真是風光十足。

一千六百年後，離劉邦家鄉沛縣不遠的鳳陽又出了個皇帝，這就是明朝開國的洪武帝朱元璋。

朱元璋是放牛娃出身，當了皇帝以後，為了在家鄉人民面前表示親近，特下令給衛士說：「凡家鄉來人，只要說得有根有據，不必通報，就讓他直接見孤。」這道「親近家鄉」的口諭下達後，果然就有家鄉的人去找他。

一日，從小與朱洪武放牛長大、自以為感情很好的老農民去南京城見到了朱洪武。朱洪武端坐在龍庭上，威風凜凜，這位老實巴交的農民，以為與朱洪武從小在一起隨便慣了，見了他也不下拜。朱洪武大不高興，而這老實人竟然不曾察覺，還直言不諱地說：「朱皇帝呀，我們小時候在一起放牛，多麼開心快樂啊！有一回，我們燉了一罐子黃豆，大家搶著吃，連罐子都打破了；還有一回，我們在張大爺的瓜田裡……」他本來想說「偷了好多香瓜」。

可是，朱洪武聽了卻拍案大怒起來：「胡說八道的混帳！孤家從來沒有這種經歷。來人，將這混蛋推出去斬了！」可憐這位本想與「皇帝朋友」套親近的老實農民，就這樣屈死在朱洪武的屠刀下。老農被殺後，本來與朱洪武有些交往的人，都不敢去找他了。可是，也還有膽大的人變了法子前來尋找他。

又一日，來了位自稱與朱皇帝「要好」的老古。見了朱洪武，首先大禮參拜，口稱：「我主萬歲，萬歲，萬萬歲！」朱洪武見了這樣的「朋友」，心裡早就有了「做上皇帝真威風」的感覺。喜滋滋地聽這位朋友說：「想當年，我跟隨皇上，騎角馬，遊青山；打破罐州城，捉拿豆將軍，何等的威風！那一日，經過瓜州地，俘虜了多少瓜洲兵，那是多麼的快意！」朱洪武聽了，龍顏大悅，說：「當年的經歷已經是歷史。現在，你還要隨孤辦事，孤封你為一等侍衛，每日隨孤左右！」

前一位老實巴交的老農和後一位巧舌如簧的老古，都是朱洪武放牛時期的朋友，所說的又完全是一回事。只不過老古用了奉承的言語進行了粉飾，而老農卻直言不諱地說了出來。他們的結局就迥然不同了。朱洪武給予這兩個放牛朋友不同的待遇，和世上許多事情，何嘗不是一樣的道理呢？

32 寶地需福

「風水先生慣說空，指南指北指西東；世上真有龍虎地，當時何不葬乃翁？」

上面這首詩是人們諷刺風水先生，憑著一張油滑的嘴，騙人家錢財的行為。不過，風水先生自己家出不了「大人物」，卻有一套自圓其說的故事。

林之其為人看了一輩子的風水，越到老了，經驗越多，理論越圓通。因此，請他看屋基、看墳地的人也越來越多。一天到晚，東家請過西家請，忙得真是不亦樂乎。經他看過地的人家，無論是「從今往後發達了」，還是「一如既往」或者是「江河日下」，在他的解說下，大多數人都很服氣。縱有不滿意者，也只怪自己當時沒有盡到主人之誼，沒有得到先生「真心」的指點。這樣一來，林之其看風水的聲譽與日俱增。

林之其在外受到人們的尊重，可是自己家裡卻一直平平。兒子林生雖然已經成家立業，但也只是平常的老百姓，與那些達官貴人相比，有著天壤之別。林生每每與父親談論：「你老人家總是說祖上葬在寶地，就能出大人物，能做大官。為什麼不給我們自己家找塊寶地，也好讓我們家出幾個大人物，做幾任大官啊！」

林之其則說：「別人福大，祖上葬在龍虎寶地後，能夠受用得了，所以能出大人物、能做大官。我們家沒有福氣，即使有了寶地，也是枉然。你如果不信，等下雪的天氣，我讓你試試，看看我們家能不能守得住寶地。」林生聽了，不知道父親叫他如何試試。

三九的一天，寒冷的北風颳來一場大雪，將大地厚厚地覆蓋了一層。當天晚上，林之其叫林生和自己去尋找寶地。他們來到一個向南的山坡上，林之其指著一處沒有積雪的地方說：「那就是塊寶地，你晚上睡在此處，雖然是三九寒天，也不會冷。」林生半信半疑。

林之其說：「你去拿兩把稻草來，晚上睡這裡試試。」林生聽了父親的話，拿來幾把稻草，在雪地上坐了下來。

這天晚上，雖是三九寒天，卻沒有風。林生坐在那裡，並不覺得冷。約莫個把時辰，他似乎覺得有行人走路的聲音，還聽見有人講話。這些走路的人說著話，來到了自己身旁。林生看見是一路三人，其中一個人說：「這裡的蟹形地，是留給賀長東家的。賀家祖上積德，賀長東本人厚道，他家應當要出個『東臺御使』，怎麼被別人佔去了呢？」

另一個人說：「現在的這個人，碌碌無為，沒有福氣，應當將這塊地的靈氣移走。」

還有一個人說：「叫土地神即刻就來移去。」不一會兒，林生覺得屁股下面的地晃動了一下，立刻就感覺冷了起來——說冷就冷，冷得人簡直受不了，林生只好跑回家。

林生回到家中，將自己所聽到的、看到的和感覺到的一一向林之其說了。林之其說：「我沒說錯吧？明天我們再去那裡看看還有沒有雪。」

第二天，他們來到了昨天被認為是寶地的那塊地方，只見那幾把稻草已經凍成了冰塊；風颳來的雪，積在上面，一點也沒有化——寶地被移走了靈氣，已經與別的地塊沒有區別了。

這是風水先生家裡的故事。如果按照這種說法，想要享有寶地，必須是祖上積德、自己有福才行，而生就碌碌之命的你我，大約永遠也得不到寶地，因此也不必有非分之想！

33

馬到生

劉甘夫妻以農為業，豐收年也只能得到半年口糧，所欠部分只好到處尋覓。看到別人家道富裕，吃用不愁，總是眼紅，覺得「人無外財不發」。於是，劉甘天天盼望能得到外財。什麼是外財呢？他認為，要是能得到一窖金銀財寶就好。所謂的「窖」，就是前人埋藏在地下的金銀財寶。

哪裡有一窖金銀財寶呢？劉甘心想，只有土地公公知道。於是他儘管家境貧窮，還是每逢初一、十五，都買香去拜土地公公。每次去拜土地公公時，總是重複著一句話：「土地大老爺，保佑我得一窖啊！」

這一年的二月初一，劉甘又去燒香拜土地公公。磕頭的時候，劉甘說：「土地大老爺，您老人家行行好，保佑我得一窖啊！」

劉甘走後，土地婆婆問土地公公說：「這劉甘總是想得窖，我們附近有沒有窖呢？要是有的話，給他一窖吧！省得他老是纏著。」

土地公公說：「窖是有一個，就在我們廟後。可是，『大財有主』，劉甘卻是沒有這個福分！」

土地婆婆說：「這一窖是誰的，到什麼時候才能挖走呢？」

土地公公說：「這一窖是馬到生的，還得等七年，此人才能出世。」

土地婆婆說：「那就和劉甘說好，先借給他。七年後再叫他歸還，不是很好嗎？」

土地公公說：「那就先借給他吧！我今天就告訴他去。」

這一夜，劉甘睡在床上，朦朧中見一位白髮蒼蒼的老人來到床前，對他說：「你老是想得窖，可是你命裡無窖。現在我廟後有一窖是馬到生的，他七年後才出世。你先挖來用吧！到了第八年初，你可得全數歸還呀！」

劉甘聽了，知道是土地公公來了，喜出望外地說：「多謝土地大老爺指點，我一定聽從您的囑咐，到第七年一定加倍歸還。」

土地公公說：「加倍倒是不必，但是一定要如數歸還。」

劉甘說：「一定，一定！請土地大老爺放心。」

土地公公說：「你現在就去我廟後挖吧！」說著，隱身不見了。

劉甘睜眼醒來，覺得自己是在做夢，想想夢中情景又歷歷在目，心想，哪怕是撲了空，絕不能因懷疑而放棄。

他趕緊起床，拿著鋤頭，到土地廟後面的牆根下挖掘，果然挖出了一窖元寶。他把這些元寶挑了回來，建房買地，成了當地家財萬貫的暴發戶。

有了錢了，生活無憂無慮，七年的時間也只是彈指一揮間。第八年初，劉甘知道這「馬到生」就要出生，用他的元寶應該是歸還的時候了。可是，元寶已經用得無法湊齊，想要歸還全部，還要變賣許多家產。因為與神仙說話，是必須兌現的，否則後果不堪設想。因此，他心裡為籌措這些元寶，整天愁眉苦臉。

這一天，劉甘騎著高頭大馬往他妻舅家中來。因為妻舅家經常能夠得到他的資助，對這位姑爺是非常器重的。當他的馬才一到達時，妻舅的妻子新生的孩子正好落地。妻舅見這位發財的姑爺騎的馬一到，小孩就出世了，以為是沾了他的好福氣。於是，高興地躬身迎接，並且將孩子取名為「馬到生」。

這「馬到生」的名字一叫出來，可觸痛了劉甘的心事。當即，他不僅愁眉不展，連妻舅熱情地留他吃喜蛋，竟也不肯，立刻催馬回到家裡來。一回到家中，便將「馬到生」已經出世在妻舅家裡

的事，告訴了妻子。

妻舅一家人見劉甘表情很不高興，才到來，又轉身回去了，任是怎麼挽留也沒留得住，以為是什麼事情得罪了姑爺。

妻舅心想，這是有錢的姑爺，別人想巴結還巴結不上，我們哪會無辜得罪了他呢？因此，一家人心裡像壓了塊石頭似的沉重。

劉甘到家不一刻，妻舅也趕了來，見劉甘仍悶悶不樂的樣子，不敢與他當面說話，就來問劉甘的妻子、自己的妹妹說：「今天姑爺是怎麼啦？到我家才一進門，見我兒子出世了，連喜蛋也不吃，就回來了。」

劉甘的妻子說：「哥哥呀，你妹夫年紀也不小了，到現在還沒有一男半女，哪像你，兒女成群。今天他見你又添了個公子，想想自己，心裡哪能不難過呢？」

妻舅早就垂涎劉甘的家產了，聽了妹妹的話，急忙說：「原來為的是這件事？如果姑爺不嫌棄的話，我就將『馬到生』送給你們做兒子好了！這孩子其實也是看見姑爺到了，才肯出世的。看來，他與姑爺確有父子之情呢！」一番巴結的話，正說到了劉甘妻子的心坎上。於是，她馬上叫來劉甘，答應接受馬到生做自己的兒子。

馬到生來到劉甘家的第二天晚上，土地公公又來到劉甘床前說道：「劉甘，七年前的那一窖元寶，你就不用歸還了。馬到生已經是你的兒子了，那一窖元寶，就算給馬到生了。」說完，又隱身不見了。

世界上有許多怪事，這也是怪事之一，這個故事說明了一個道理：本來是自己的東西，無故讓別人佔去了，自己反過來還要巴結他。

34 大話

「說大話不用錢買，吹牛皮瞞天過海」。是說講大話不花本錢，可以任意瞎說也不要緊，然而，在人們休閒的時候，說起它來，也不失為一種笑料。

老汪右公有三個女婿，每年正月裡都來拜年。閒聊的時候，常常聚集著滿屋子人。

今年，老汪右公在閒談時問女婿們，你們那裡都有些什麼稀奇的事情，講出來給大家消遣消遣。

大女婿說：「我們那裡的劉財主做了一張大木盆，你問它有多大，大到能裝三萬八千人！當年發大水，盆裡住人、種菜，還能舞龍。」在場的人都說，這木盆真的大得不得了！

二女婿說：「我們那裡呀，山上有座和尚廟，廟裡有口大銅鐘，初一打一錘，十五沒歇聲。聲音傳出二十里，震得縣令耳發昏。下令運到縣裡去，下到爐裡去化銅。可是，騾也馱不動，車拉也不行。縣令沒辦法，調來民工挑土壅。民工用了好幾萬，堆成一座山，大家叫它是鐘山。」大家聽了，都說：「哎呀！鐘山多有名啊！原來是這麼來的。」

三女婿說：「我們那裡有座樂陽橋，那橋有多高，沒有誰知道。那一年，正月十五看花燈，擠掉下一個人。到了端午節，河裡划龍船，他還在半空喊救命。人們想救他，勾又勾不著，接又接不到。直到八月十五來賞月，才看見他掉到了河當中。」人們聽了，都說這是神話，就算橋高，那人這些天餓也餓死了，哪裡還能喊救命。三女婿笑得直搖頭。

大女婿又說：「我的朋友從南京來，聽到一個稀奇話。他說有人吹牛吹到犯了法，被縣大老爺關了大半年。」大家連忙問他吹了什麼牛，怎麼吹進監獄裡了？

大女婿說：「那個人說，青弋江上有個大蘿蔔，根行九省，蔭遮五洲。當年，曹操八十三萬兵馬下江南，一頓也只吃了這個蘿蔔的一小半。旁邊有個人說他在瞎扯，他說這是有根有據的事。於是，他倆吵了起來，一直吵到了縣大老爺那裡去評理。縣大老爺說，『你這個混帳，你那蘿蔔根行九省，蔭遮五洲，那我也在你蘿蔔底下過日子啦？你這分明是在侮辱本大老爺！』這樣一來，他就被關了大半年。」大家聽了哈哈大笑。

老汪右公的姪兒插話說：「我去年到縣城賣西瓜。晚上歇在旅館裡，聽到三個人在吹牛。這三個人，一個是安慶的，一個是重慶的，一個是漢口的。安慶人說：『我們安慶有座振風塔，離天只有一丈八。』依他說，這就是高得很了。可是，那重慶人說：『我們四川有座峨眉山，離天只有三尺三。』比安慶塔高得多呢！你猜那漢口人又怎麼說？他說：『我們武漢有座黃鶴樓，半截還在天裡頭』。真是一個比一個會吹。」大家聽了，都說這叫做「後來居上」。

老汪右公聽了大家七嘴八舌說的笑話，也來了興趣。他說道：「我來講個大話給你們聽聽，那可真正叫人咋舌呢！」

「絎瑯山灘上汪家是我的本家。前朝（清朝人稱明朝）時期，有兄弟倆，分別叫做汪來和汪去。老大汪來喜歡賭錢；老二汪去喜歡看戲。一般的戲臺下都有賭博場。所以他兄弟倆經常結伴到戲臺下去。

那一天，兄弟倆都在戲臺下。忽然哥哥因為賭錢和別人打起架來了。弟弟汪去是個身大力不虧的人，平時挑個三、五百斤，脾氣又暴躁，看到哥哥和人打架，立刻跑去相助。本來那個人和汪來對打就已經很吃力；加上汪去助陣，那人明知不是對手，拔腿就跑。

兄弟倆在後面緊追不捨。跑了一里多路了，大家都跑得氣喘吁吁，兩兄弟還窮追不放。已經到了小夾江邊，前面沒有路了，這兄弟倆以為這下子你可跑不了啦！哪知道，那被追的人，一個猛跳，居然跳過了夾江。

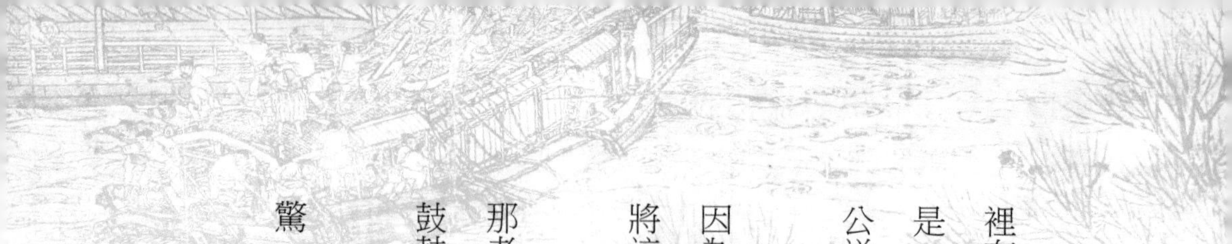

那裡我熟悉，夾江少說也有半里路寬。老二見了，也用力一跳，可是卻沒有跳過去。當時，江裡有艘小篷船。艄公正在船頭吃午飯，那老二不偏不斜地落進了他的船艙裡，把艄公嚇了一跳。可是，他居然在船艙裡立住了腳，指著那跳過江的人說：『這狗日的，比老子本事還大！』立即叫艄公送他過江。艄公說：『這裡不好靠岸，你要過江還得往前走一段。』

這小船走著走著，忽然昏天暗地起來。原來它是被一條大魚吞進了肚裡。那吞食篷船的大魚，因為吞得太飽了，肚子發脹，居然漂了起來，被風浪打得在沙灘上擱淺了。正在飛翔的老鷹看見了，將這條魚叼到了珩瑯山上。

恰好，這山上有個姑娘在砍柴，看見老鷹叼著一條大魚來了，跟著老鷹後面趕。這條魚太大，那老鷹叼著很吃力，這姑娘趕得又緊，老鷹只好丟下魚飛走了。那姑娘拾起這條魚，見魚的肚子脹鼓鼓的，感到好奇，就用砍柴的刀把魚肚子砍開了。

原來這魚肚子裡居然有艘小篷船！小篷船上的人本來是在昏暗裡，忽然見到了陽光，大吃一驚，一看，竟在山上！

船上的艄公立刻哭了起來：『哎呀，這怎麼得了，我的船怎麼跑到山上來了？』

姑娘見了說：『別急，別急，我送你下江去。』說著，拎來她喝水的茶壺，對著篷船旁邊澆了起來。一會兒，那水便沖成了一條大江，小篷船又在江裡航行了。

本來，珩瑯山離江很遠，從那時候起，就有一條叉江通到了珩瑯山腳下。這就是那個姑娘用茶壺澆出來的。當時，我的那位本家前輩，汪去回來的時候，少了一隻耳朵，那是在魚肚子裡，被魚消化掉了的呢！」

老汪右公講述完了，在場的人都聽得沉默了。好一會兒，紛紛說道，這是真的還是假的呢？要是真的話，那這位姑娘又是誰呢？她能那樣做，該有多大的身材呀？話音剛落，一直在旁聽的老戲花子（以唱戲為乞討）高聲說道：「這個人我知道，你們聽來——」

「前朝時，我們這有著一個大姑娘。嘴巴一張城門大，牙齒就有扁擔長。那一天，她要做雙繡花鞋，東莊請了八個繡花女，西莊請了八個繡花郎。鞋面、鞋底做好後，抬到街上請皮匠；八個皮匠上（將鞋面和鞋底連接起來）一隻，十六個皮匠上一雙。鞋子上好後，不見了四個小皮匠。東邊找，西邊尋；原來，他們在鞋子裡打麻將。你要問這姑娘是哪一個，那大名鼎鼎的四大金剛，就是她親生的兒郎！」

這個又唱又舞的戲花子，直逗得大家前仰後翻。

在歡樂的春節裡，人們娛樂的方式多種多樣，這也算是其中之一。

35

求財

趙老二正月初一天還沒有亮就去上廁所，他廁所的背後是全村唯一的土地廟。他剛蹲下，就聽到有人來燒早香，向土地神拜年了。爆竹響過以後，他聽到是村西的趙吉郎中在說：「土地大老爺，請您保佑今年人們多多生病，好讓我多賺些醫療費，讓我的財源旺盛。我會給您多多燒香，常常上貢啊！」

趙老二聽了，心裡罵道：「為了自己發財，居然盼望別人多災多難，真的是不安好心的東西！」餘恨未消，爆竹又響了起來。

村東的吳木匠又在說道：「土地大老爺呀，您顯顯聖吧！保佑今年多死一些人，讓我的棺材好賣些。我會多多給您磕頭，多多給您燒香呢！」

趙老二聽了，生氣地罵道：「又是一個狼心狗肺的傢伙！」

趙老二素有「路見不平一聲吼」的脾氣，聽了這兩人的祈禱，憋了一肚子氣，便想了一個「以其人之道，還治其人之身」的計策。

天大亮以後，他捧著茶杯，來到趙郎中家裡。見了趙郎中，他說：「郎中先生，新年好！」

趙郎中滿臉堆笑地說：「老二好，發財，發財！」

趙老二坐下後，又寒暄了幾句，對郎中說：「老吳木匠家三十晚上也沒太平，聽說他有個孩子病得不輕，燒發得燙人，說不定這大年初一就要請你啊！」

趙郎中聽了，心想，新年第一天就能開張，看來今年彩頭不錯。因此，對趙老二能來報信很高興。又是遞菸，又是倒茶，禮儀有加。趙老二坐了一會兒，端著茶杯，又來到吳木匠家裡。

吳木匠正在家裡準備吃早飯。新年的麵條才端上桌子，一大盤五香蛋放在桌子中間。見趙老二來了，笑嘻嘻地招呼：「老二新年好，新的一年裡，事事如意啊！」

老二說：「吳師傅好！恭喜發財。」

吳木匠請老二吃麵、吃蛋，老二只拿了一個五香蛋，站在一旁吃。吃完蛋後，他對吳木匠說：「我看哪，人生貧富，是命裡註定了的。像吉郎中（這個村因為姓趙的多，大家都以名字末尾的字為稱呼），錢賺得不少，可是家運卻不好，聽說三十晚上還死了人，想必新年也沒有過好，說不定

一會兒就要到你這裡來買棺材呢！」

吳木匠聽了，心想，大初一就能賣棺材，那還是少有的。如果吉郎中今天就來買棺材，那我今年的生意就會有好的兆頭了。他心裡高興，執意請趙老二吃了這新年的第一頓早飯。

趙老二見了趙吉郎中和吳木匠後，回到家裡，靜候動靜。

天過晌午，趙吉郎中仍不見吳木匠來請。心想，今天是大年初一，吳木匠會有忌諱。他家就在村東，路不遠，我自己走一趟吧！於是，吉郎中來到吳木匠家裡。吳木匠以為吉郎中來買棺材了，熱情接待，遞菸倒茶，又端來五香蛋。

吉郎中心想，吳木匠家病人一定病得很嚴重，不然，他為何這樣熱情？他既施之以禮，我就應該還之以義呀！於是，他只喝了一口茶說：「你那——」他將「那」字拖了個長音。因為今天是大年初一，他怕吳木匠忌諱，不好明說，意思是問吳木匠是大孩子還是小孩子病了。可是，吳木匠並不明白他的意思。吉郎中只好接著說：「是大的，還是小的呢？」

吳木匠以為問他是有大棺材，還是有小棺材。於是說道：「哦，你過來。」吉郎中以為是叫他去看病人，急忙跟著吳木匠來到後屋，那裡大小棺材擺了許多。吳木匠指著這些棺材說：「大小都有，您看著選吧！」

吉郎中一聽，愣了起來，說：「你家孩子病了，你怎麼叫我來看棺材呀？」

吳木匠聽了也是丈二和尚摸不著頭腦，說：「誰的孩子病了？不是說你家死了人嗎？你是來買棺材的呀！我這是叫你自己挑選呀！」

這時候，郎中、木匠兩人四目相視，仔細想了想，終於如夢方醒，相互苦笑著搖搖頭。他們雖然都知道是趙老二搞的鬼，可是互相又不便捅破。各自想想早上向土地神的祈求，都心照不宣地以為，這是土地神在捉弄自己呢！

末了，吉郎中和吳木匠都在心裡想，把自己的享樂（奢望）建立在別人的痛苦上，連神仙也不容啊！吳木匠苦笑著像是自言自語，又像是對吉郎中說：「看來，想有好兆頭，還得有好心腸呀！」

國家圖書館出版品預行編目資料

世說異事：講給現代人聽的拍案驚奇故事／方時學著.
－－第一版－－臺北市：宇河文化 出版；
紅螞蟻圖書發行，2016.6
面　；　公分－－(Discover；34)
ISBN 978-986-456-019-6（平裝）

856.9　　　105007662

Discover 34

世說異事：講給現代人聽的拍案驚奇故事

作　　者／方時學
發 行 人／賴秀珍
總 編 輯／何南輝
責任編輯／韓顯赫
校　　對／周英嬌、賴依蓮、鍾佳穎
美術構成／Chris' office
出　　版／宇河文化出版有限公司
發　　行／紅螞蟻圖書有限公司
地　　址／台北市內湖區舊宗路二段121巷19號(紅螞蟻資訊大樓)
網　　站／www.e-redant.com
郵撥帳號／1604621-1　紅螞蟻圖書有限公司
電　　話／(02)2795-3656（代表號）
傳　　真／(02)2795-4100
登 記 證／局版北市業字第1446號
法律顧問／許晏賓律師
印 刷 廠／卡樂彩色製版印刷有限公司
出版日期／2016年 6 月　第一版第一刷

定價 280 元　港幣 94 元

ISBN 978-986-456-019-6　　Printed in Taiwan